FILŌESPINOSA **autêntica**

Chantal Jaquet

A unidade do corpo e da mente

Afetos, ações e paixões em Espinosa

Tradução
Marcos Ferreira de Paula
Luís César Guimarães Oliva

1ª edição, 1ª reimpressão

Copyright da edição francesa © 2004 Presses Universitaires de France,
6, avenue Reille, 75014 Paris

Copyright © 2011 Autêntica Editora

Título original: *L'unité du corps et de l'esprit - Affects, actions et passions chez Spinoza*

Todos os direitos reservados pela Autêntica Editora. Nenhuma parte desta publicação poderá ser reproduzida, seja por meios mecânicos, eletrônicos, seja via cópia xerográfica, sem a autorização prévia da Editora.

COORDENADOR DA COLEÇÃO FILÔ
Gilson Iannini

COORDENADORES DA SÉRIE FILÔ/ESPINOSA
André Menezes Rocha, Ericka Marie Itokazu e Homero Santiago

CONSELHO EDITORIAL
Gilson Iannini (UFOP); *Cláudio Oliveira* (UFF); *Danilo Marcondes* (PUC-Rio); *João Carlos Salles* (UFBA); *Monique David-Ménard* (Paris); *Olímpio Pimenta* (UFOP); *Pedro Süssekind* (UFF); *Rogério Lopes* (UFMG); *Rodrigo Duarte* (UFMG); *Romero Alves Freitas* (UFOP); *Slavoj Žižek* (Liubliana); *Vladimir Safatle* (USP)

EDITORA RESPONSÁVEL
Rejane Dias

EDITORA ASSISTENTE
Cecília Martins

REVISÃO
Ana Carolina Lins

PROJETO GRÁFICO DE CAPA E MIOLO
Diogo Droschi

DIAGRAMAÇÃO
Christiane Costa
Christiane Morais

Dados Internacionais de Catalogação na Publicação (CIP)
(Câmara Brasileira do Livro, SP, Brasil)

Jaquet, Chantal
    A unidade do corpo e da mente : afetos, ações e paixões em Espinosa / Chantal Jaquet ; tradução Marcos Ferreira de Paula e Luís César Guimarães Oliva. -- 1. ed.; 1. reimp. -- Belo Horizonte : Autêntica Editora, 2015. -- (FILÔ/Espinosa; 1)

    Título original : L'unité du corps et de l'esprit : affects, actions et passions chez Spinoza

    Bibliografia.
    ISBN 978-85-7526-592-5

    1. Espírito e corpo 2. Spinoza, Benedictus de 1632-1677 I. Título. II. Série.

11-11823   CDD-199.492

Índices para catálogo sistemático:
1. Filosofia holandesa : 199.492

Belo Horizonte
Rua Aimorés, 981, 8º andar . Funcionários
30140-071 . Belo Horizonte . MG
Tel.: (55 31) 3214 5700

Televendas: 0800 283 13 22
www.grupoautentica.com.br

São Paulo
Av. Paulista, 2.073, Conjunto Nacional,
Horsa I . 23º andar, Conj. 2301 . Cerqueira
César . 01311-940 . São Paulo . SP
Tel.: (55 11) 3034 4468

A Pascal e Ariel
Em recordação do trio *Qui, Quo, Qua*

Apresentação da Série Espinosana

André Menezes Rocha
Ericka Marie Itokazu
Homero Santiago
Coordenadores

Nas últimas décadas, em todo o mundo tem crescido o interesse pela obra do holandês Bento de Espinosa. No campo da história da filosofia, por exemplo, importantes estudos vieram transformar a compreensão de célebres teses espinosanas, ampliando-lhes significativamente o alcance – aprofundou-se muito o entendimento de pontos até então negligenciados; sobretudo, ficou demonstrada a atualidade desconcertante desse filósofo do século XVII. De maneira mais geral, o espinosismo tornou-se ponto de referência em campos tão diferentes como as artes, as ciências e as humanidades. No Brasil, o mesmo movimento teve lugar. Os leitores de Espinosa, hoje, são muitos, e sua filosofia encontra acolhida de norte a sul do país. Em universidades, naturalmente, mas também entre aqueles que utilizam o espinosismo como ferramenta de pensamento, pondo-o em diálogo direto com reflexões e práticas diversas.

Quanto mais se lê e estuda sobre Espinosa, mais forte é a impressão de que estamos ainda distantes de esgotar as possibilidades de seu pensamento revolucionário. Por essa razão, a coleção Filô, da Autêntica Editora, apresenta uma série inteiramente dedicada à filosofia espinosana, em todas as suas formas, em todas as suas vertentes e, não menos, em todos os seus possíveis desdobramentos, ou seja, o processo incessante de construção de espinosismos vindouros. Com esse escopo, a Série Espinosana vai abranger três linhas de publicação: (1) traduções das obras de Espinosa; (2) estudos e ensaios sobre as obras de Espinosa; (3) estudos e textos inspirados no espinosismo.

Deixamos aqui o convite aos leitores para que desfrutem, descubram, reflitam ou apenas enveredem por esse pensamento que já foi considerado antecessor de tantos outros grandes filósofos, capaz até de retirá-los de sua solidão. Afinal, como afirmou Espinosa, o bem verdadeiro é capaz de comunicar-se a todos.

11. Introdução

19. A natureza da união
do corpo e da mente

41. A ruptura de Espinosa com Descartes
a respeito dos afetos na *Ética* III

65. A gênese diferencial dos afetos no
prefácio do *Tratado teológico-político*
e na *Ética*

99. A definição do afeto na *Ética* III

165. As variações do discurso misto

187. Conclusão

195. Referências

203. Coleção Filô

205. Os tradutores

Introdução

Espinosa tinha razão, tal é o título[1] da última obra do célebre neurologista António R. Damásio, dedicada à elucidação da natureza dos sentimentos. Após ter criticado *O erro de Descartes* em um de seus livros precedentes, o diretor do departamento de neurologia da Universidade de Iowa coloca-se resolutamente sob a égide de Espinosa para esclarecer a natureza dos processos psicofisiológicos postos em jogo pelos sentimentos e vê nele o precursor da neurobiologia moderna. "Espinosa", confessa ele, "tratou de assuntos que me preocupam enquanto cientista – a natureza das emoções e dos sentimentos, bem como a relação da mente com o corpo –, e estes mesmos assuntos preocuparam muito outros autores passados. A meu juízo, porém, ele parece ter prefigurado as soluções que os pesquisadores propõem doravante para estas questões. É surpreendente" (DAMÁSIO, 2003, p. 17-18).

---

[1] Trata-se do título em francês, *Spinoza avait raison*, na tradução francesa publicada pela editora Odile Jacob, em 2003. O título original inglês é *Looking for Spinoza: Joy, Sorrow, and the Feeling Brain* (Harcourt, Inc., 2003). A edição brasileira segue um pouco mais de perto o título original: *Em busca de Espinosa: prazer e dor na ciência dos sentimentos* (Companhia das Letras, 2004). Como Damásio contrapõe esse livro ao dualismo cartesiano que ele havia analisado em *O erro de Descartes* (*Descartes' Error*), a tradução francesa faz uma brincadeira, contrapondo, já no título, o "erro" cartesiano ao "acerto" de Espinosa. (N.T.).

Esse interesse pela concepção espinosana das relações entre corpo e espírito não é um fenômeno isolado e supera o quadro de uma curiosidade pontual própria dos neurologistas do outro lado do Atlântico, pois é partilhado no interior de nossas fronteiras por um bom número de pesquisadores, dentre os quais figura Jean-Pierre Changeux. O autor de *O homem neuronal* também reivindica abertamente uma filiação a Espinosa no decorrer de seu diálogo com Paul Ricoeur, *O que nos faz pensar. A natureza e a regra*. De início, ele sublinha o parentesco entre seu procedimento e o do autor da *Ética*. "Ao escrever *O homem neuronal*, descobri a *Ética* de Espinosa e todo o rigor de seu pensamento. *Considerarei as ações e apetites humanos como se fosse questão de linhas, planos ou corpos*: Há projeto mais entusiasmante do que empreender uma reconstrução da vida desembaraçando-se de toda concepção finalista do mundo e de todo antropocentrismo, livre da imaginação e da *superstição religiosa*, este *asilo da ignorância* segundo Espinosa?" (Damásio, 2003, p. 16). Ao longo da obra, a concepção espinosana da união do corpo e da mente serve de paradigma e de terreno de entendimento para o fenomenólogo e o neurobiólogo para abordar a difícil questão das relações entre o cérebro e o pensamento.[2] Jean-Pierre Changeux se refere a Espinosa para caucionar a ideia de um primado do cérebro sobre a mente. Se, para o autor da *Ética*, as ideias são função das afecções do corpo, é necessário determinar a estrutura física do cérebro e seus modos de conexões sinápticas para esclarecer a natureza dos pensamentos.[3]

---

[2] Cf. nosso artigo "La réference à la conception spinoziste des rapports du corps et de l'esprit dans l'ouvrage de Paul Ricoeur et Jean-Pierre Changeux, *Ce qui nous fait penser, La Nature et la Règle*", in *Spinoza aujourd'hui*, Atas do Colóquio de Cerisy, 2002 (no prelo, ed. Edeka).

[3] "Qualquer que seja a interpretação que se dê da sua filosofia, eu retenho o conhecimento reflexivo de nosso corpo, de nosso cérebro, de suas funções (a alma) como fundadora da reflexão ética e do julgamento moral" (cf. CHANGEUX, J-P. *Ce qui nous fait penser, La Nature et la Règle*, p. 34).

A referência à concepção espinosana da união psicofísica ultrapassa a esfera da neurobiologia para estender-se à biologia inteira, como testemunha o interesse manifestado por Henri Atlan pelo filósofo holandês em seu livro *A ciência é humana?*,[4] assim como suas múltiplas intervenções situadas sob a égide do autor da *Ética*.[5] O sucesso do modelo espinosista não se limita às ciências da vida, ele ganha, além disso, as ciências econômicas e sociais com os trabalhos de economistas como Frédéric Lordon, que se debruça sobre a teoria do *conatus* e da potência de agir do corpo e da mente.[6] Na impossibilidade de recensear todos os domínios atuais em que a filosofia espinosista opera, cabe notar, enfim, a extrema atenção que certos especialistas em psicomotricidade lhe atribuem há vários anos no quadro de uma reflexão sobre suas próprias práticas terapêuticas. É assim que Béatrice Vendewalle, Bruno Busschaert e Bernard Meurin[7] buscam fundar uma teoria dando conta de seu saber e de seu *savoir-faire* a partir dos princípios que regem as relações da mente e do corpo na *Ética*.

A atualidade do modelo espinosista é portanto inegável e convida à reflexão sobre o alcance e o valor de uma curiosidade que está sempre sob suspeita aos olhos do historiador da filosofia. Para além do fenômeno de moda, a invocação de precursores ou de modelos é de fato frequentemente problemática, pois repousa de hábito em um conhecimento de segunda mão e tem mais a função de servir de caução do que de apresentar fielmente o pensamento de um autor.

---

[4] Publicado pela editora Bayard, Paris, 2002.

[5] Cf. seu artigo "Théorie de l'action et identité psycophysique", in *Spinoza aujourd'hui*, Atas do Colóquio de Cerisy, 2002 (no prelo, ed. Edeka).

[6] Cf. seu artigo "Spinoza et le monde social", in *Spinoza aujourd'hui*, Atas do Colóquio de Cerisy, 2002 (no prelo, ed. Edeka).

[7] Cf. a conferência deles intitulada "Des esprits animaux aux neurotransmetteurs, qui sait ce que peut le corps?" nas XXXII Journées Annuelles de Thérapie Psycomotrice, *Corps et culture*, Lille, 2 octobre, 2003.

António Damásio (2003, p. 14 e p. 21), por exemplo, não oculta isso e por duas vezes reconhece honestamente que não se faz de filósofo e que seu propósito não se volta para a filosofia de Espinosa.

Eis por que importa retomar novamente a questão das relações entre a mente e o corpo e de suas modalidades afetivas em Espinosa sob a perspectiva filosófica, e esclarecê-la sob a luz das interrogações atuais da neurobiologia, das ciências sociais ou da psicomotricidade para verificar a pertinência das interpretações e estabelecer a partir do exame dos textos um modelo preciso e rigoroso suscetível de nutrir os debates contemporâneos.

Nessa ótica, é sobretudo necessário discernir o que causa problema aos pesquisadores na relação entre o corpo e a mente e o que os conduz a saudar Espinosa como um precursor. Em sua obra *Espinosa tinha razão*, António Damásio faz eco às preocupações gerais de seus contemporâneos e as resume sob a forma de uma série de questões:

> A mente e o corpo são duas coisas diferentes ou formam apenas uma? Se eles não são semelhantes, atribuem-se a duas substâncias diversas ou a uma só? Se são duas substâncias, a da mente vem em primeiro lugar e é a causa da existência do corpo e do cérebro, ou bem a substância corporal vem primeiro e seu cérebro causa a mente? Como essas substâncias interagem?... Eis algumas das questões englobadas pelo assim chamado problema da mente e do corpo, cuja solução é central para compreender quem nós somos (p. 183).

Ainda que essas questões pareçam resolvidas ou denunciadas como falsos problemas aos olhos de numerosos cientistas e filósofos, o desacordo que subsiste a seu respeito é, para António Damásio, um índice suficiente para mostrar que a solução proposta não é satisfatória ou foi mal apresentada.

É verdade que esses problemas não datam de ontem, eles atormentam toda a filosofia clássica desde Descartes. Para o autor das *Meditações Metafísicas*, com efeito, o homem é composto de duas substâncias, a alma ou substância pensante, e o corpo ou substância extensa. A união de uma substância imaterial ou inextensa com uma substância material ou extensa permanece incompreensível, pois se põe o problema da possibilidade de sua interação. Como uma substância material poderia produzir efeitos sobre uma substância imaterial e reciprocamente? Eis a questão-chave que a princesa Elisabete propõe a Descartes em uma carta datada de 16 de maio de 1643, rogando-lhe que lhe explique "como a alma do homem pode determinar os espíritos do corpo a fazer as ações voluntárias (sendo apenas uma substância pensante)". A princesa da Boêmia sublinha que toda determinação de movimento implica um contato ou uma modificação na extensão e dificilmente se poderá explicar pela ação de uma substância imaterial e inextensa.

Mesmo destacando os méritos de Descartes, António Damásio retoma por sua conta essa interrogação da célebre princesa e recusa a tese da dualidade das substâncias e de sua interação misteriosa por meio da glândula pineal.[8] O dualismo psicofísico conduziu os cientistas a um impasse. Eis por que é preciso recorrer a outros paradigmas. António Damásio vê

---

[8] "Descartes contentou-se em sugerir que a mente e o corpo interagiam, mas jamais explicou como essa interação podia intervir, senão dizendo que a glândula pineal era o vetor das interações. Essa última é uma pequena estrutura situada na parte de baixo do cérebro; ora, acontece que ela mal é conectada e provida do que seria preciso para realizar o trabalho decisivo que Descartes lhe atribuía. Apesar de sua concepção sofisticada dos processos mentais, corporais e fisiológicos, ele deixou na imprecisão as conexões mútuas da mente e do corpo, ou bem as apresentou de maneira inverossímil. Na época, a princesa Elisabete da Boêmia, uma aluna brilhante e calorosa como todos sonham ter, tinha percebido o que nos parece claro hoje: para que a mente e o corpo efetuassem o trabalho que Descartes lhes exigia, eles deveriam estar *em contato*. Entretanto, ao esvaziar a mente de toda propriedade física, Descartes tornou esse contato impossível" (cf. DAMÁSIO, p. 188).

assim na concepção espinosista a solução ao problema deixado em suspenso por Descartes; ele lhe atribui o mérito de ter posto um termo no dualismo estabelecendo a unidade e a identidade do corpo e da mente e considerando-os como expressões paralelas da mesma substância.

> Qualquer que seja a interpretação que se prefira quanto às declarações que ele fez sobre o assunto, podemos ter certeza de que Espinosa mudou a perspectiva herdada de Descartes, dizendo, na primeira parte da *Ética*, que o pensamento e a extensão, embora distintos, são atributos de uma substância única, Deus ou a Natureza (*Deus sive Natura*). A referência a uma substância única serve para afirmar que a mente é inseparável do corpo, e que ambos, de alguma forma, são feitos do mesmo estofo. A referência aos dois atributos, a mente e o corpo, reconhece a distinção de duas ordens de fenômenos, formulação que preserva um dualismo de "aspectos", mas não de substâncias. Pondo o pensamento e a extensão em pé de igualdade e ligando-os a uma substância única, Espinosa buscava superar um problema com que Descartes se confrontara e que não pudera resolver: a presença de duas substâncias e a necessidade de integrá-las; face a isso, a solução de Espinosa não tinha mais necessidade de uma mente e de um corpo a integrar e a fazer interagir; a mente e o corpo jorram ambos paralelamente da mesma substância, redobrando-se plena e mutuamente um ao outro através de suas diferentes manifestações. Em sentido estrito, a mente não causava o corpo e o corpo não causava a mente (Damásio, p. 209-210).

Assim, o que interessa primeiramente a António Damásio em Espinosa é sua ruptura com Descartes e sua visão revolucionária das relações da mente e do corpo. Ele insiste sobre esse ponto várias vezes[9]: "O que ele viu, então? Que

---

[9] "Muito importante para o que discutirei na sequência era sua ideia de que pensamento e extensão são atributos paralelos (digamos: expressões da mesma substância). Recusando fundar a mente e o corpo sobre substâncias diferentes, ao menos Espinosa exprimia sua oposição à

a mente e o corpo são processos paralelos e mutuamente correlatos. Que eles se redobram um ao outro em todos os lugares, como duas faces da mesma moeda. Que no fundo destes fenômenos paralelos existe um mecanismo que serve para representar os eventos do corpo na mente" (p. 217).

Ainda mais precisamente, é a correspondência entre a mente e o corpo, que se manifesta nos afetos, e a pertinência de tratamento dado a eles que incitam Damásio a louvar o gênio visionário de Espinosa e que justificam o título de sua obra na tradução francesa.

> Pode-se então perguntar: Por que Espinosa? Resumidamente, eu poderia dizer que ele é perfeitamente pertinente a toda discussão sobre a emoção e o sentimento humanos. Ele via nas necessidades, motivações, emoções e sentimentos – todo o conjunto do que ele denominava *affectus* (afetos) – um aspecto central da humanidade. A alegria e a tristeza representavam dois conceitos cardeais em sua tentativa de compreender o ser humano e sugerir como viver melhor (DAMÁSIO, p. 14).

Nessas condições, a via de análise está traçada: fazendo eco às preocupações dos pesquisadores contemporâneos, ela consistirá em examinar as relações da mente e do corpo sob o prisma dos afetos e em mensurar o alcance da ruptura de Espinosa com Descartes sobre isso. A questão primordial, que é objeto do Capítulo I, é a de saber qual é a natureza exata das relações entre mente e corpo. O monismo imputado a Espinosa implica verdadeiramente um paralelismo, com pensam Damásio e Jean-Pierre Changeux na esteira de numerosos

---

visão do problema da mente e do corpo que prevalecia em sua época. Seu desacordo rompia com um mar de conformismo. Mais surpreendente ainda era sua ideia segundo a qual *a mente e o corpo são uma só e a mesma coisa*. Isso abre uma instigante possibilidade. Assim, talvez Espinosa tenha tido a intuição dos princípios que regem os mecanismos naturais responsáveis pelas expressões paralelas da mente e do corpo" (DAMÁSIO, p. 18-19).

historiadores da filosofia? Uma vez determinada a maneira como se articulam as relações da mente e do corpo, tratar-se-á de analisar no Capítulo II as causas da ruptura entre o autor da *Ética* e o das *Meditações*. A fim de evitar reproduzir o esquema sumário que opõe o dualismo cartesiano e o monismo espinosista, o procedimento visará a compreender como essa ruptura foi pensada por dentro pelo próprio autor da *Ética* e a explicitar as razões expressamente avançadas na Parte III da obra. Será então possível reconstituir o trabalho de "pioneiro das emoções" feito por Espinosa, estudando primeiro, no Capítulo III, como a concepção dos afetos elaborou-se progressivamente e deu lugar a uma gênese diferencial do *Tratado teológico-político* à *Ética*, analisando, em seguida, a definição complexa do *affectus* no Capítulo IV e medindo, no Capítulo V, as variações psicofísicas a que ele dá lugar.

A natureza da união do corpo e da mente

Os dados do problema

Constituído de um corpo e de uma mente, o homem, em Espinosa, não é contudo um ser duplo composto de duas entidades realmente distintas. A união do corpo e da mente deve ser pensada como uma unidade, e não como a conjunção de duas substâncias, extensa e pensante. Com efeito, para o autor da *Ética*, "a Mente e o Corpo são um só e o mesmo indivíduo, o qual é concebido seja sob o atributo do Pensamento, seja sob o da Extensão" (cf. *E II*, prop. 21, esc.).[10] Espinosa afasta assim o dualismo, fundando simultaneamente a possibilidade de uma dupla abordagem, física e mental, da realidade humana.

Mas, se o corpo e a mente constituem um só e mesmo ser expresso de duas maneiras, resta saber como esses dois

---

[10] Citaremos desta forma as passagens da *Ética* de Espinosa: *E* refere-se ao título (*Ética*); I, II, III, IV ou V referem-se às partes nas quais a *Ética* está dividida. Além disso, utilizaremos as seguintes abreviações: prop. (proposição); dem. (demonstração); esc. (escólio); def. (definição); corol. (corolário); expl. (explicação); pref. (prefácio).

modos de concepção se articulam um ao outro e se unificam para compreender clara e distintamente a natureza do homem. A mente (*mens*) em Espinosa não é nem uma substância, nem um receptáculo, nem uma faculdade, ele é a ideia do corpo (cf. *E* II, prop. 13). O termo "*mens*" não designa, portanto, nada além da percepção, ou, mais exatamente, do conceito, que o homem se faz de seu corpo – e, por extensão, do mundo exterior –, através dos diversos estados que o afetam. A ideia, com efeito, se define como um conceito que a mente forma porque ele é uma coisa pensante (cf. *E* II, def. 3). Preferindo abertamente o termo "conceito" ao termo "percepção", Espinosa acentua o caráter ativo e dinâmico da potência de pensar em operação na produção das ideias (cf. *E* II, def. 3, expl.). A mente, por conseguinte, é uma maneira de pensar o corpo, de formar uma ideia dele, mais ou menos adequada em função da natureza clara ou confusa das afecções que o modificam.

Assimilando a mente à ideia do corpo, o autor da *Ética* fornece indicações sobre a maneira de conceber suas relações. Ele convida a pensar sua união com o modelo da relação entre uma ideia e seu objeto. Após estabelecer, na proposição 13 da Parte II, que "o objeto da ideia que constitui a mente humana é o corpo", ele conclui no escólio que "disso não somente inteligimos a Mente humana ser unida ao Corpo, mas também o que se há de inteligir por união da Mente e do Corpo". A natureza da união entre uma ideia e seu objeto, todavia, não é evidente. O que significa precisamente a tese segundo a qual a mente está unida ao corpo como uma ideia a seu objeto?

Para ilustrar a natureza dessa relação, Espinosa recorre ao exemplo geométrico do círculo. "Um círculo existente na natureza e a ideia do círculo existente, que também está em Deus, são uma só e a mesma coisa, que é explicada por atributos diversos" (*E* II, prop. 7, esc.). O círculo é um modo da extensão que se constitui a partir da rotação de um segmento com uma extremidade fixa e outra móvel e que possui a propriedade de ter raios iguais; a ideia de círculo é um modo de pensar que se forma a partir da ideia de um segmento e que compreende a ideia da igualdade dos raios. O círculo e a ideia do círculo não constituem, todavia, dois seres diferentes. É o mesmo indivíduo que é concebido ora como modo da extensão, o círculo, ora como modo do pensamento, a ideia de círculo. Dá-se o mesmo para todos os corpos da natureza e suas ideias. A árvore e a ideia da árvore não constituem dois seres diferentes, mas remetem a uma só e mesma coisa visada alternadamente como uma realidade material extensa ou como o objeto de um pensamento. As ideias do círculo, da árvore ou do corpo humano contêm objetivamente[11] tudo o que o círculo, a árvore ou o corpo humano contêm formalmente. Para Espinosa, toda coisa possui uma essência formal, que exprime sua realidade, e uma essência objetiva, que é a ideia dessa realidade. A essência objetiva de uma coisa não é, pois, nada outro que a ideia dessa coisa, e se distingue da essência formal, que visa à coisa em sua realidade material ou sua forma. A mente, enquanto ideia, é portanto a essência objetiva do corpo, isto é, compreende a título de objeto de pensamento tudo o que a essência do corpo compreende formal ou realmente, segundo a mesma ordem e a mesma conexão. Se a forma do corpo, por exemplo, é afetada pela presença de Pedro, depois pela de Paulo, a mente terá

---

[11] O termo "objetivamente", emprestado do vocabulário escolástico, não deve ser compreendido como o contrário de "subjetivamente". Ele designa o fato de que uma coisa é tomada como objeto de pensamento e remete à representação ou ao conceito que a mente se faz dela. Assim, para Descartes, "objetivamente" é sinônimo de "por representação" e se distingue de "formalmente", que significa "realmente" ou "atualmente". Cf. DESCARTES, R. *Meditações metafísicas*. Trad. de Maria E. Galvão; introd., notas e trad. dos textos introdutórios de Homero Santiago. São Paulo: Martins Fontes, 2005, p. 67 (ver também p. 65).

sucessivamente a ideia do corpo afetado por Pedro, depois por Paulo. A ideia e seu ideado são, pois, idênticos e indissociáveis.

Essa identidade, todavia, não exclui a alteridade. Embora exprimam uma só e mesma coisa, concebida ora sob o atributo extensão, ora sob o atributo pensamento, o círculo e a ideia do círculo não são redutíveis, porém, um ao outro. O círculo é um modo da extensão, determinado unicamente por modos da extensão. A ideia do círculo é um modo do pensamento, determinado unicamente por modos do pensamento. Sendo distinta de seu objeto, ela possui uma essência formal própria e pode ser, por sua vez, o objeto de uma ideia. É o que sublinha o parágrafo 27 do *Tratado da reforma do entendimento*. "Uma coisa é o círculo, outra é a ideia do círculo. A ideia do círculo não é um objeto tendo um centro e uma periferia como o círculo, e, semelhantemente, a ideia do corpo não é o próprio corpo." Assim como o círculo e a ideia do círculo, o corpo e a mente são duas expressões de uma só e mesma coisa, mas essas duas expressões não são estritamente redutíveis uma à outra. Uma ideia exprime as propriedades de seu objeto sem ter, porém, as mesmas propriedades que ele. Nessas condições, todo o problema é discernir a essência dessa união psicofísica que implica simultaneamente a identidade e a diferença entre o corpo e a mente e determinar com precisão suas modalidades de expressão.

Para acabar com o paralelismo

Fundando-se sobre a proposição 7 da Parte II, que estabelece que "a ordem e a conexão das ideias é a mesma (*idem est*) que a ordem e a conexão das coisas", os comentadores chegaram a assimilar a identidade a uma forma de paralelismo entre a cadeia das ideias e a cadeia das coisas e a conceber a união psicofísica e a correlação entre os estados físicos e os estados mentais com base nesse esquema, visto que a mente e o corpo são unidos como uma ideia a seu objeto (cf. *E* II, prop. 13). Essa doutrina, cuja paternidade, como se sabe, é de Leibniz,[12] frequentemente é apresentada como a expressão do pensamento do autor da *Ética*, embora seja importada retrospectivamente para dentro de seu sistema, no qual, literalmente, ela não figura.

Martial Gueroult, mesmo sublinhando que, na proposição 7, "trata-se, entre as duas ordens, menos de um paralelismo do que de uma identidade" (1974, p. 64), contudo retoma a fórmula leibniziana por sua conta e deduz a existência não somente de um paralelismo extracogitativo, que rege as relações entre as ideias e as coisas fora do pensamento, mas de um paralelismo intracogitativo, que comporta duas formas, conforme exprime a identidade entre a conexão das ideias e a das causas no atributo pensamento, ou a identidade da conexão das ideias tomadas como objetos de outras ideias, e as ideias das ideias (p. 66 e ss).

Ora, se o termo "paralelismo" é cômodo de usar, na medida em que exprime bem a ideia de uma correspondência entre os modos dos atributos que exclui toda interação e toda causalidade recíproca, ele é acompanhado inevitavelmente de representações importunas que são nocivas à compreensão da unidade dos atributos e da união da mente e do corpo em Espinosa. A assimilação da identidade entre a ordem das ideias e a ordem das coisas, entre a mente e o corpo, a um sistema de paralelas conduz a pensar a realidade com o modelo de uma série de linhas similares e concordantes que, por definição, não se recortam. O paralelismo extracogitativo se desdobra, assim, em uma multidão de linhas cujas duas primeiras exprimem a

---

[12] Cf. LEIBNIZ, G. W. *Considerações sobre a doutrina de um espírito universal* (1702), §XII, Gerh., Phil. Schr., VI, p. 533: "Estabeleci um paralelismo perfeito entre o que se passa na alma e entre o que ocorre na matéria, tendo mostrado que a alma com suas funções é algo distinto da matéria, mas que ela está sempre acompanhada dos órgãos da matéria, e que também as funções da alma estão sempre acompanhadas das funções dos órgãos, que lhes devem responder, e que isso é recíproco e o será sempre".

identidade entre a ordem e conexão das ideias e a ordem e conexão dos corpos; a terceira, a identidade entre a ordem e a conexão das ideias e a dos modos do atributo X; a quarta, a identidade entre a ordem e a conexão das ideias e as dos modos do atributo Y, e assim por diante, ao infinito. Redobrado no interior do atributo pensamento, o esquema paralelista toma uma forma intracogitativa e põe em linhas a ordem e a conexão das ideias e a da ideia da ideia, depois a ordem e a conexão das ideias da ideia e as da ideia da ideia da ideia, etc.

Essa representação da ordem do real reduz a Natureza a um plano no qual se justapõem uma pluralidade, até mesmo uma infinidade, de linhas não secantes. Ora, a ordem é uma, como destaca o escólio da proposição 7 da *Ética* II: "quer concebamos a natureza sob o atributo Extensão, quer sob o atributo Pensamento, quer sob outro qualquer, encontraremos uma só e a mesma ordem, ou seja, uma só e a mesma conexão de causas, isto é, as mesmas coisas seguirem umas das outras". A doutrina do paralelismo não restitui a ideia de unidade presente na concepção espinosana, pois introduz uma forma de dualismo e de pluralidade irredutíveis. Se ela se aplica perfeitamente ao sistema de Leibniz, para quem "a alma com suas funções é algo de distinto da matéria" (cf. *Considerações...*, p. 533), ela não poderia convir para dar conta da união tal como a entende o autor da *Ética*. Com efeito, o corpo e a mente não são superpostos no homem como paralelas, mas designam uma só e mesma coisa expressa de duas maneiras, como o recorda fortemente o escólio da proposição 21 da *Ética* II. É verdade que se considera que as paralelas se reúnem no infinito e que elas não excluem a existência de um polo de unificação. Mas é preciso reconhecer que a representação de séries lineares dificilmente faz jus à unidade do indivíduo e de sua constituição.

É bem verdade que é possível responder a essa objeção destacando que a unidade das paralelas é dada pela identidade da sua direção. Esse argumento, todavia, precipita de Caríbdis em Cila os defensores do paralelismo, pois o argumento repousa sobre um pressuposto totalmente contestável segundo o qual as diversas expressões de uma mesma coisa em cada atributo vão no mesmo sentido e não podem divergir. Ora, isso não é sempre verdadeiro. O caso da maior parte dos erros, tal como é analisado no escólio da proposição 47 da *Ética* II, é notável a esse respeito, pois adquire o papel de contraexemplo que revela as fraquezas da doutrina do paralelismo e a invalida em grande parte. Com efeito, um só e mesmo erro não se exprime da mesma maneira na mente e no corpo e testemunha uma divergência radical entre o que se passa no modo do pensamento e o que se passa no modo da extensão.

> E seguramente a maioria dos erros consiste só em não aplicarmos corretamente os nomes às coisas. Com efeito, quando alguém diz que as linhas traçadas do centro do círculo até sua circunferência são desiguais, ele decerto intelige por círculo, ao menos nesta ocasião, outra coisa que os Matemáticos. Assim, quando os homens erram no cálculo, têm na mente uns números, e no papel outros. Pois se se prestarem atenção a suas Mentes, decerto não erram; todavia parecem errar porque pensamos que têm na Mente os números que estão no papel. Se não fosse isso, creríamos que não erram em nada; como não acreditei que errava aquele que ainda há pouco ouvi gritando que sua casa voara para a galinha do vizinho, já que seu pensamento me parecia suficientemente claro (*E* II, prop. 47, esc.).

Se está fora de questão analisar aqui a concepção espinosana de verdadeiro e falso em toda a sua amplitude, contudo importa notar para nosso propósito que o erro mais frequentemente cometido consiste no afastamento entre o que o homem pensa e o que ele diz ou escreve. Em todos os exemplos mencionados, o erro manifesta uma distorção entre as ideias e as palavras – ou seja, entre um modo do pensamento e um modo da extensão. As ideias são, com efeito, fenômenos mentais, enquanto as palavras, sejam elas proferidas ou escritas em papel, são fenômenos físicos. "A essência das palavras e das imagens é constituída só por movimentos corporais, que não envolvem de jeito nenhum o conceito de pensamento" (*E* II, 49, esc.). Longe de funcionarem em paralelo, a mente e o corpo de um homem no erro divergem profundamente. Do ponto de vista do corpo, o erro é uma má aplicação dos nomes às coisas. A mente pensa verdadeiramente, mas o corpo, por sua boca ou sua mão, exprime outra coisa. A letra não segue a mente, e é esse divórcio que conduz a crer que os homens se enganam. Em realidade, ninguém jamais se engana. Nós apenas conjeturamos que o outro está no erro, pois tomamos suas palavras ao pé da letra e as atribuímos a seu espírito. Ora, esse procedimento é ilegítimo, pois transformamos um movimento corporal em um modo do pensamento. Confundimos, em suma, um significante com um significado. O erro é só uma aparência ligada ao fato de que nosso ouvido não ouve sensivelmente o que a mente do outro compreende, porém, inteligivelmente, mas que seu corpo não transcreve de maneira idêntica. "E disso se origina a maioria das controvérsias, a saber, porque os homens não explicam corretamente seu pensamento ou porque interpretam mal o pensamento de outrem" (*E* II, 47, esc.). A necessidade de interpretação das palavras ou dos textos, sejam eles profanos ou sagrados, prova *a contrario* que a correlação entre o corpo e a mente não desposa a forma simples de um sistema de linhas paralelas. Se desposasse, não seria de modo algum necessário extrair regras de hermenêutica para decifrar as significações. Bastaria examinar palavra por palavra para extrair linearmente o sentido e passar do registro corporal ao registro espiritual.

Quanto a isso, o caso do lapso do homem que gritava que "sua casa voara para a galinha do vizinho", é particularmente revelador, pois o corpo, através das palavras, diz exatamente o contrário do que pensa a mente, invertendo a ordem das coisas, prova de que o paralelismo também está capengando. O afastamento entre o corpo e a mente é aqui máximo, de modo que sua unidade nada tem a ver com uma identidade estrita e gemelar. O pensamento é, porém, claro, e ninguém terá dificuldade em compreender que o homem quer dizer que a galinha voou para a casa do vizinho.

Quer dizer então que é o corpo que se engana e que é preciso denunciar esse tradicional causador de problemas? Essa interrogação não tem sentido na medida em que a verdade e a falsidade são modalidades da ideia e derivam do pensamento, não da extensão. Em realidade, o corpo não se engana, ele exprime em um registro diferente a mesma coisa que a mente. Em outras palavras, se houvesse erro corporal, ele apenas significaria materialmente na extensão a verdade da mente. A inversão das palavras em relação às ideias resulta, com efeito, de um movimento corporal que manifesta fisicamente a comoção, a surpresa ou confusão diante do voo de uma ave pesada ou de sua fuga para o vizinho. Ela corresponde bem a um estado de espírito e é uma só coisa com ele, de sorte que a divergência de expressão não contradiz a unidade psicofísica, mas a revela em toda a sua amplitude e complexidade.

Se parece mais apropriada para exprimir a correspondência entre a ordem das ideias adequadas e a das afecções do corpo, a doutrina do paralelismo fica então extremamente redutora e se presta a mal-entendidos. Ela pressupõe homologias e correspondências biunívocas entre as ideias e as coisas, a mente e o corpo, e conduz a pensar as diversas expressões modais segundo um esquema linearmente idêntico. Exceto por sua posição no espaço, as linhas paralelas são similares e intercambiáveis. Tudo se passa como se a Natureza estivesse condenada a uma ecolalia sem fim, a uma perpétua repetição do mesmo em cada atributo. Essa doutrina conduz a pensar a unidade como uniformidade. Ora, se a ordem e a conexão das ideias é a mesma que a ordem e conexão das coisas, isso não significa que os modos da expressão das ideias e das coisas sejam estritamente idênticos e revistam sempre a mesma importância. A ideia de paralela evoca a ideia de uma correspondência monolítica e conduz a buscar sistematicamente equivalências entre os movimentos corporais e os pensamentos, a colocá-los no mesmo plano. Os estados físicos são, assim, postos em acordo com os estados mentais da mesma maneira que um ponto de uma linha é religado a um outro ponto segundo um esquema estritamente bijetor. Ora, não somente uma tal associação não tem sempre interesse, mas ela não leva em conta o fato de que certos eventos se exprimem melhor em um registro do que em um outro. É realmente necessário, para compreender a generosidade, descrever em detalhes as afecções corporais que acompanham esse afeto ativo e avaliá-las sob seu aspecto físico? É realmente útil, inversamente, ter a ideia de todos os músculos e de todas as células que entram em linha de conta para realizar um movimento corporal como a natação? A ideia de paralelismo incita à busca de uma tradução sistemática dos estados corporais em estados mentais, e reciprocamente. Ora, se eles vão em pares, não se exprimem necessariamente com paridade.

Se a doutrina dita "do paralelismo" pode ser esclarecedora por permitir conceber uma correspondência entre o corpo e a mente, sem interação nem causalidade recíproca, ela não é realmente pertinente para dar conta da concepção espinosana da união psicofísica, pois mascara tanto a unidade quanto a diferença e até mesmo a divergência entre os modos de expressão do pensamento e da extensão. Nessas condições, todo discurso que trata da união psicofísica se resume à justaposição de dois monólogos que se correspondem termo a termo, sem que jamais haja uma expressão principal em um registro sem par no outro. Portanto, é necessário repensar a relação entre a ideia e o objeto e, mais geralmente, a relação entre os diversos modos de expressões da realidade em Espinosa.

Para isso, é preciso acabar com o "paralelismo" e afastar esse termo inadequado e ambíguo, esse conceito minado e confuso que não figura no sistema. Não é necessário, com efeito, importar essa palavra que carrega um cortejo sub-reptício de ideias falsas para nomear e identificar a concepção espinosana, pois o autor da *Ética* encarregou-se dessa tarefa e forneceu um conceito preciso para exprimir sua tese conhecida sob o nome de paralelismo. Esse conceito, que uma leitura mais atenta dos textos já deveria há muito tempo ter posto em evidência para evitar perder-se nos meandros do paralelismo e desarmar seus efeitos perigosos, é o de igualdade. É a palavra exata que Espinosa emprega para exprimir o fato de que a potência de pensar de Deus é simultânea a sua potência de agir. A identidade da ordem causal em todos os atributos e em todos os modos que deles dependem é explicitamente apresentada assim no corolário da proposição 7 da *Ética* II. Após ter estabelecido que a ordem e a conexão das ideias é a mesma que a da conexão das coisas, Espinosa deduz que a "potência de pensar de Deus é igual (*aequalis*) à sua potência de agir". A presença do adjetivo "*aequalis*" não é um acaso, pois o autor utiliza a mesma palavra quando compara a potência de pensar da mente e a potência de agir do corpo. "Mas o esforço ou potência da Mente ao pensar é igual e por natureza simultâneo (*aequalis et simul natura*) ao esforço ou potência do Corpo ao agir" (*E* III, prop. 28, dem.). Quando Espinosa quer explicar que a ordem das ideias das afecções na mente é simultânea à das afecções do corpo e constitui uma só e mesma coisa, ele recorre seja ao adjetivo "*aequalis*", seja ao advérbio "*simul*",[13] seja a ambos ao mesmo tempo.

---

[13] Cf. *E* III, prop. 2, esc.: "A Mente e o Corpo são uma só e a mesma coisa que é concebida ora sob o atributo do Pensamento, ora sob o da Extensão. Donde ocorre que a ordem, ou seja, a concatenação das coisas seja uma só, quer a natureza seja concebida sob um ou outro atributo, e que, conseqüentemente, a ordem das ações e paixões de nosso Corpo seja, por natureza, simultânea com a ordem das ações e paixões da Mente".

Por conseguinte, que seja em Deus ou no homem, existe uma igualdade entre potência de pensar e potência de agir. Em Deus essa igualdade se manifesta entre o atributo pensamento e a infinidade dos outros atributos. No homem, ela concerne um modo do atributo pensamento, a mente, e um modo do atributo extensão, o corpo. Ela exprime a correlação entre a ideia e o objeto, e significa que "o que quer que aconteça no objeto da ideia que constitui a Mente humana deve ser percebido pela Mente humana" (*E* II, prop. 12). A teoria da expressão em Espinosa é regida inteiramente pelo princípio da igualdade e deve, portanto, ser reconsiderada à luz direta desse conceito.

Para isso, convém retornar às belas análises que Gilles Deleuze, na segunda parte de sua obra *Espinosa e o problema da expressão*, dedica à doutrina do paralelismo. A despeito de suas precauções e de sua desconfiança confessa para com o termo "paralelismo" (1968, p. 95), Deleuze recorre ainda a essa muleta que o impede finalmente de se concentrar sobre a elucidação do conceito fundamental de igualdade, cuja importância ele contudo sublinhou. Ele afirma, com efeito, que "é a igualdade dos atributos que dá ao paralelismo seu sentido estrito, garantindo que a conexão é a mesma entre coisas cuja ordem é a mesma" (p. 96). Embora reconhecendo que, à diferença de Leibniz, Espinosa não emprega a palavra "paralelismo", ele sustenta que "essa palavra convém a seu sistema porque põe a igualdade dos princípios de que decorrem as séries independentes e correspondentes" (p. 96). Essa palavra, todavia, terminou por prejudicar, tornando-se às vezes o asilo da ignorância, pois eclipsou a palavra "igualdade", à qual Espinosa se refere expressamente. Seria então mais judicioso banir doravante o termo "paralelismo" e substituí-lo por "igualdade". Com toda justiça e justeza, devolvamos a Leibniz o que é de Leibniz... e a Espinosa o que é de Espinosa.

Definição e natureza da igualdade

Mas, se o problema da união da mente e do corpo deve ser posto em termos de igualdade e não de paralelismo, ele não está contudo resolvido. Trata-se, com efeito, de apreender a natureza dessa igualdade e de precisar suas modalidades. Importa, então, repetir as ocorrências do adjetivo "*aequalis*" e do substantivo "*aequalitas*" no sistema e extrair sua significação precisa. A tarefa é incômoda, pois a presença desses termos é rara e seu sentido varia de uma obra para outra. Assim, no *Breve tratado*, Espinosa destaca que "não existem duas substâncias iguais" (parte I, cap. 2, §6) e tira essa demonstração do fato de "que cada substância é perfeita em seu gênero; pois, se duas substâncias iguais existissem, uma deveria necessariamente limitar a outra e não poderia, por conseguinte, ser infinita, como demonstramos antes". Nesse contexto, a igualdade exprime uma identidade de natureza e implica a existência de uma pluralidade de coisas do mesmo gênero que se limitam umas às outras. Essa interpretação é corroborada pela argumentação desenvolvida por Espinosa no prefácio da parte II do *Breve tratado* para recusar conceder ao homem a natureza da substância: "portanto, já que o homem não foi desde a eternidade, já que ele é limitado e igual a muitos homens, ele não pode ser uma substância" (§6).

É claro que não é nesse sentido que Espinosa declara na *Ética* que "a potência de pensar de Deus é igual a sua potência de agir", pois, se elas exprimissem ambas uma natureza comum, uma não poderia vir limitar a outra, dada sua infinitude. Da mesma maneira, a igualdade entre a potência de pensar da mente e a potência de agir do corpo não pode ser entendida como a expressão de uma limitação recíproca, pois uma ideia não pode ser limitada senão por outra ideia, e um corpo, por outro corpo (*E* I, def. 2). Esse uso do adjetivo "igual" para qualificar coisas de mesma natureza desaparece na *Ética*. Assim, na proposição 5 da parte I, Espinosa demonstra não que "não existem substâncias iguais", mas que, "na natureza das coisas, não podem ser dadas duas ou várias substâncias de mesma natureza, ou seja, de mesmo atributo".

Na *Ética*, além das ocorrências concernentes à relação entre a potência de pensar e de agir de Deus ou do homem, o adjetivo "igual" é aplicado à alma para designar sua firmeza, sua impassibilidade e sua constância diante das reprimendas e das ofensas. É o que decorre tanto do capítulo 13 da *Ética* IV, em que Espinosa menciona o caso das crianças ou adolescentes que se refugiam no serviço militar, pois "não podem mais suportar de ânimo igual (*aequo animo*) as reprimendas dos pais", quanto do capítulo 14, em que afirma que, da sociedade dos homens, resultam mais vantagens do que inconvenientes e conclui que "é preferível, por isso, suportar com igual ânimo as suas injúrias (*aequo animo*)".

Esse uso do termo para exprimir uma equanimidade de humor mal permitiria elucidar a significação da igualdade entre potência de pensar e potência de agir, não fosse por acentuar a constância e a continuidade da potência da alma a despeito das variações e diferenças de situações. Ele indica, deste modo, que a igualdade da alma implica a comparação entre dois estados diferentes, até mesmo opostos, e se afirma como uma potência de resistência e neutralização das desigualdades de humor.

Quer dizer então que, de uma maneira mais geral, a igualdade se acomoda às desigualdades entre as coisas? É preciso notar quanto a isso que a igualdade em Espinosa é um conceito relativo que não exclui necessariamente a existência de desigualdades reais. Ela pode, notadamente, resultar de uma impossibilidade para os homens de perceber as diferenças, tendo em conta seu estatuto de modos finitos. Espinosa, assim, observa na definição 6 da *Ética* IV que

> [...] não podemos imaginar distintamente uma distância nem de lugar nem de tempo a não ser até um certo limite; isto é, assim como a todos os objetos que distam de nós mais de duzentos pés, ou cuja distância do lugar no qual estamos supera aquela que imaginamos distintamente, costumamos imaginar que distam igualmente de nós, como se estivessem no mesmo plano; assim também a objetos cujo tempo de existência imaginamos que está afastado do presente por um intervalo maior do que aquele que costumamos imaginar distintamente, imaginamos distarem todos igualmente do presente e os remetemos como que a um só momento do tempo.

O caráter relativo da igualdade não poderia reduzir-se a uma ilusão pura, pois a situação das coisas no mesmo espaço e no mesmo tempo, quando os intervalos superam o alcance de nossa imaginação, é a expressão positiva de nosso estatuto de modos finitos e produz efeitos reais, mesmo que conheçamos nosso erro. Espinosa mostra assim que nossos afetos terão uma brandura igual para coisas muito afastadas do presente, ao passo que sabemos que elas não ocorreram ao mesmo tempo. "A partir das anotações à Definição 6 desta Parte, segue que para com objetos que distam do presente por um intervalo de tempo maior do que aquele que podemos determinar imaginando, embora compreendamos que distam um do outro por um longo intervalo de tempo, somos afetados, porém, de maneira igualmente branda" (*E* IV, prop. 10, esc.).

Essa forma de igualdade, ligada à abolição das desigualdades em consequência de uma impossibilidade de imaginar para além de um certo espaço e de um certo tempo, não poderia aplicar-se às relações entre a potência de pensar e a potência de agir. De um lado, é inconcebível que Deus se represente a igualdade dessa maneira, pois ele não imagina as coisas em relação ao tempo ou ao lugar, mas as concebe, tais como são contidas nos seus atributos, por seu entendimento infinito. Essa conclusão vale igualmente para o homem quando cessa de imaginar para conceber adequadamente, pois seu entendimento é uma parte do entendimento divino e percebe as coisas como atuais não em relação com um certo tempo e um certo lugar, mas *sub specie aeternitatis*. Já no *Breve tratado*, de outro lado, Espinosa recusa a ideia de qualquer desigualdade tanto entre os atributos quanto entre as essências dos modos: "Não há, entre os atributos, nenhum tipo de desigualdade, nem também entre as essências dos modos" (apêndice, §11). É preciso então distinguir a desigualdade imaginária, resultante do caráter inimaginável da desigualdade, e a igualdade realmente concebida que exclui uma desigualdade ontológica.

É preciso notar, porém, que a igualdade de potência no *Tratado político* não é pensada de uma maneira absoluta, mas relativa, em função do padrão que serve de comparação.[14] Ela não implica que as coisas comparadas sejam idênticas e intercambiáveis tanto qualitativa quanto quantitativamente. Elas podem ser diferentes, até desiguais, sob certas relações e ser pensadas como iguais com a condição de que essa diferença seja negligenciável sob outras relações. Assim, é claro que a potência de agir e de pensar dos homens é muito diferente

---

[14] É o que já se derivava da explicação que Espinosa dava do axioma 9 da Parte I dos *Princípios da filosofia de Descartes*, quando ele mostrava o caráter relativo da desigualdade através dos exemplos da comparação de dois livros e dois retratos: "se alguém vê escritos pela mesma mão dois livros (pode-se supor que um é de um filósofo insigne e o outro de um tagarela insípido) e não atenta ao sentido das palavras (isto é, não atenta às palavras enquanto são imagens), mas só aos caracteres desenhados e à ordem das letras, ele não discernirá nenhuma desigualdade que o obrigue a buscar causas diferentes para cada um dos dois livros; eles lhe parecerão ter sido produzidos pela mesma causa e da mesma maneira. Se, ao contrário, atenta ao sentido das palavras e dos discursos, achará entre esses livros uma grande desigualdade e concluirá disso que a causa primeira de um foi muito diferente da causa primeira do outro, e que uma superou realmente a outra em perfeição tanto quanto os discursos contidos nos dois livros, ou as palavras consideradas enquanto imagens, diferem entre si".

em função das aptidões diversas de seu corpo e que a do sábio supera a do ignorante. Entretanto, no Estado civil, diz-nos Espinosa (*Tratado político*, cap. IX, §4), "é a justo título que os cidadãos são vistos como iguais, já que a potência de cada um deles é negligenciável comparada à potência do Estado inteiro". Da mesma maneira, a potência de pensar e a de agir são iguais quanto à ordem e à conexão das causas que presidem sua existência, mas esse contato não implica de modo algum que elas o sejam em todos os pontos fora da correlação necessária entre a essência formal e a essência objetiva.

Espinosa, aliás, deixa claramente entender que a igualdade não poderia confundir-se com a uniformidade, mas que ela pode, ao contrário, nascer da diversidade e ser consolidada por ela. Ele afirma, com efeito, no capítulo 27 da *Ética* IV, que o corpo precisa de uma alimentação variada e de exercícios diversos para ser igualmente apto a realizar tudo o que segue de sua natureza. Ele não deve se isolar na repetição do mesmo, do contrário o desenvolvimento de suas aptidões será desigual, conduzirá a uma hipertrofia de algumas de suas partes em detrimento do todo e será acompanhado da atrofia da mente diante de ideias fixas ou afetos tenazes. "O Corpo humano é composto de muitíssimas partes que têm natureza diversa e que precisam de alimento contínuo e variado para que todo o Corpo esteja igualmente apto (*aeque aptum*) a todas as coisas que podem seguir de sua natureza e, por conseguinte, para que a Mente também esteja igualmente apta (*aeque apta*) a conceber muitas coisas." Transparece aqui que a igualdade entre a potência de agir do corpo e a potência de pensar da mente manifesta, em realidade, uma igualdade de aptidões a exprimir toda a diversidade contida na natureza de cada um.

Importa, então, desenvolver as pesquisas a respeito da igualdade e de sua significação quando exprime a natureza das relações entre o corpo e a mente. Nessa ótica, é necessário debruçar-se sobre os textos do *Corpus* em que a união do corpo e da mente dá-se a ver em ato, para discernir as diversas maneiras como a igualdade psicofísica se aplica e esclarecer suas múltiplas facetas. A Parte III da *Ética* preenche totalmente essas condições e oferece um campo de investigação privilegiado na medida em que analisa conjuntamente a potência de agir do corpo e da mente e aciona um tipo de discurso que se refere simultaneamente ao pensamento e à extensão, o que não é sistematicamente o caso antes.

A parte I, com efeito, visa a Natureza sob a infinidade de seus atributos e não mostra de forma precisa e específica a maneira como um modo do pensamento se une a um modo da extensão. O pensamento e a extensão aí não ocupam um lugar preponderante e são evocados unicamente a título de exemplo (cf. *E* I, prop. 21, dem.). Seu estatuto de atributo permanece hipotético (cf. *E* I, prop. 14, corol. 2 e prop. 21, dem.) e só será verdadeiramente estabelecido nas proposições 1 e 2 da Parte II. Embora se abra com a dedução dos dois atributos de Deus que nós conhecemos, a Parte II explica sobretudo as coisas a partir do atributo pensamento, visto que se propõe antes de tudo a determinar a origem e a natureza da mente, e não do homem em geral. Se o corpo é evocado, é enquanto objeto da ideia que constitui a mente. A única exceção concerne ao resumo de física situado entre as proposições 13 e 14, em que as coisas são analisadas em relação ao atributo extensão.

No entanto, até a proposição 14 Espinosa desenvolve alternadamente uma abordagem mental e uma abordagem física, de modo que os discursos concernentes à mente e ao corpo se sucedem e não são sistematicamente coordenados em torno de um conceito comum.

As proposições 14 a 31, todavia, começam uma virada, pois lançam os fundamentos de um discurso misto e fornecem amostras dele através da teoria da percepção e da imaginação que correlacionam uma afecção do corpo e a ideia dessa afecção. Esse discurso misto, porém, permanece pontual na Parte II e cede rapidamente o passo à teoria do conhecimento e ao exame da natureza das ideias que remetem essencialmente ao atributo pensamento.

Estudando a natureza e a origem dos afetos, a Parte III sistematiza esse novo tipo de abordagem mista, pois ela implica a união em ato do corpo e da mente através das modificações que os tocam conjuntamente. Ela analisa correlativamente a realidade corporal e a realidade mental do homem sem que nenhuma preceda nem proceda da outra. Os afetos (*affectibus*), por definição, exprimem a unidade da potência de agir, pois eles implicam uma relação tanto ao corpo como à mente e convidam a estudá-los em concerto. O *affectus*, para Espinosa, designa de fato "as afecções (*affectiones*) do Corpo pelas quais a potência de agir do próprio Corpo é aumentada (*augetur*) ou diminuída, ajudada ou coibida (*coercetur*), e simultaneamente (*simul*) as ideias dessas afecções" (*E* III, def. 3). Qualquer que seja a significação do advérbio "*simul*", sobre a qual será preciso retornar, o afeto recobre uma realidade física (certas afecções do corpo) e uma realidade mental (as ideias dessas afecções). Ele as tem em conjunto e as engloba ao mesmo tempo. O afeto exprime a simultaneidade, a contemporaneidade do que se passa na mente e no corpo. Com efeito, não há primeiro uma afecção do corpo de que a mente em seguida tomaria conhecimento ao formar uma ideia. Não mais do que a mente não produz afecções físicas, o corpo não é causa das ideias. Toda ideia de interação ou causalidade recíproca é afastada imediatamente. Essa coincidência lógica e cronológica que o advérbio "*simul*" revela é uma consequência da natureza da união, tal como a concebe Espinosa. Se o corpo e a mente são uma só e mesma coisa concebida ora sob o atributo da extensão, ora sob o atributo pensamento, existe necessaria-mente uma correlação entre os dois modos de expressão. Isso implica que, quando Espinosa emprega o futuro para descrever o que se passa na mente,[15] esse futuro não implica a posteridade de uma ideia a vir após uma afecção do corpo, mas uma correspondência. É um indicativo do que se deve encontrar como equivalente na alma. Os afetos se apresentam, portanto, como realidades psicofísicas, de sorte que através do exame de sua natureza e de sua origem Espinosa promove verdadeiramente um discurso misto e rompe com a lógica do "ora, ora", que prevalecia antes, para adotar a do "*simul*".

Assim, é analisando as diversas figuras desse discurso que se tornará possível discernir mais precisamente a natureza da igualdade entre a potência do corpo e a da mente e lançar uma nova luz sobre a teoria da expressão.

---

[15] Cf. notadamente *E* II, prop. 17: "Se o Corpo humano é afetado de uma maneira que envolve a natureza de um Corpo externo, a Mente humana contemplará (*contemplabitur*) esse mesmo corpo externo como existente em ato..." e *E* II, prop. 18: "Se o Corpo humano tiver sido afetado uma vez por dois ou mais corpos em simultâneo, quando depois a Mente imaginar (*imaginabitur*) um deles, imediatamente se recordará dos outros".

A ruptura de Espinosa com Descartes a respeito dos afetos na *Ética* III

O problema da originalidade
da concepção espinosana

A despeito das aparências, o autor da *Ética* é sem dúvida menos inovador do que parece, pois não é o primeiro a ter analisado os afetos como manifestações conjuntas do corpo e da mente e a ter fundado um discurso misto. Já na *Carta a Elisabete* de 21 de maio de 1643, Descartes esclarecia que as paixões derivam da união da alma e do corpo e se explicam a partir desta noção primitiva.[16] As paixões, portanto, não dependem nem da alma sozinha, nem do corpo

---

[16] "Primeiramente, considero que há em nós certas noções primitivas, que são como originais, segundo os quais formamos todos os nossos outros conhecimentos. E há muito poucas noções assim; pois, após as mais gerais, de ser, número, duração, etc., que convêm a tudo que podemos conceber, só temos, para o corpo em particular, a noção de extensão, da qual seguem as de figura e movimento; e para a alma isoladamente, só temos a de pensamento, na qual estão compreendidas as percepções do entendimento e as inclinações da vontade; enfim, para a alma e o corpo em conjunto, só temos a da sua união, da qual depende a da força que tem a alma para mover o corpo, e o corpo para agir sobre a alma, causando seus sentimentos e suas paixões" (AT, III, p. 665).

sozinho, mas do corpo e da alma em conjunto. Com efeito, elas possuem um aspecto físico e um aspecto mental, visto que são emoções da alma que implicam geralmente uma ação do corpo (cf. Descartes, *As paixões da Alma*, parte I, art. 2). A definição cartesiana refere-se, pois, ao espírito e ao corpo em conjunto e implica ambos ao mesmo tempo. A paixão é uma realidade física, quanto a sua causa, e mental, quanto a seus efeitos. Eis por que ela não se explica nem a partir da noção primitiva do pensamento, nem a partir da noção primitiva da extensão, mas unicamente da noção da união. Ora, a união implica que se concebam a alma e o corpo como uma só coisa. É o que decorre da *Carta a Elisabete* de 26 de junho de 1643, em que Descartes afirma que "conceber a união que há entre duas coisas, é concebê-las como uma só" (AT, III, p. 692). Após ter pensado nas razões que provam a distinção entre a alma e o corpo, ele convida assim sua correspondente a "representar-se a noção da união que cada um experimenta sempre em si mesmo, sem filosofar; a saber, que é uma só pessoa que tem, em conjunto, um corpo e um pensamento" (AT, III, p. 693-694). A paternidade do discurso terceiro[17] da identidade ontológica cabe, portanto, a Descartes, que se esforça em superar o dualismo das substâncias para pensar o homem em sua unidade. Ora, entre as noções derivadas que permitem apreender essa união figuram as ações voluntárias da alma sobre o corpo e as paixões. O conceito de paixão tem um papel determinante no sistema cartesiano, pois mostra essa união em operação sob o efeito da instituição da natureza e permite esclarecer sua essência incompreensível. As *Cartas a Elisabete* e as *Paixões da alma* elaboram um discurso misto, como destaca adequadamente Paul Ricoeur

---

[17] No original, *discours tiers*. A autora refere ao discurso *psicofísico*, que enfatiza a *união* entre corpo e alma; os dois primeiros discursos seriam aqueles que dão ênfase ou ao corpo (discurso físico) ou à mente (discurso mental). Poucas linhas mais adiante ela identifica "discurso terceiro" e "discurso misto". (N.T.).

(cf. *O que nos faz pensar, A Natureza e a Regra*, p. 47). Em sua última obra, Descartes começa por examinar a diferença entre a alma e o corpo para determinar suas funções respectivas e depois as retoma em sua unidade. A primeira parte das *Paixões da alma* combina assim três tipos de abordagem: uma abordagem puramente física, nos artigos 7 a 16, em que Descartes analisa a máquina de nosso corpo, uma abordagem mental nos artigos 17 a 29, em que são definidas as funções da alma, e uma abordagem psicofísica, nos artigos 30 a 50, em que se trata de pensar a união sucessivamente sob a forma de uma interação[18] ou sob a forma de um "paralelismo"[19] entre as disposições da alma e os movimentos do corpo. Desse ponto de vista, o procedimento espinosano é análogo ao de Descartes, pois o autor da *Ética* adota sucessivamente uma abordagem física, expondo brevemente as premissas concernentes ao corpo após a proposição 13 da Parte II e, depois, uma abordagem mental analisando, sobre essa base, a natureza e a origem da mente, para retomá-las em conjunto através dos afetos.

Nessas condições, é possível perguntar-se qual é a especificidade e originalidade da definição espinosana dos afetos, pois já em Descartes a paixão é uma realidade psicofisiológica. De nada servirá destacar que o conceito de afeto é mais largo que o de paixões, visto que ele engloba também as ações. Descartes, com efeito, também admite em certa medida a ideia de uma afetividade ativa, pois distingue dois tipos de emoções, "as emoções interiores que são excitadas na alma só pela própria alma" (cf. *As paixões da Alma*, art. 147) e as emoções passivas, que são causadas pelo corpo.

---

[18] Cf. *As paixões da alma*, art. 34: "Como a alma e o corpo agem um contra o outro".

[19] Cf. *As paixões da alma*, art. 40: "Qual é o principal efeito das paixões": "O principal efeito de todas as paixões nos homens é que elas incitam e dispõem sua alma a querer as coisas para as quais elas preparam seu corpo."

As emoções interiores ou intelectuais implicam ao mesmo tempo uma ação e uma paixão da alma, pois esta é simultaneamente o agente que as causa e o paciente que as recebe. Mas se, em conformidade com o artigo 19 das *Paixões da alma*, a denominação se faz sempre pelo que é o mais nobre, as emoções interiores podem legitimamente ser nomeadas ações.[20]

Importa então determinar em que Espinosa se diferencia de Descartes. A questão não é uma simples questão escolar, pois o autor da *Ética* se posiciona explicitamente em relação ao horizonte cartesiano. De fato, Descartes é o único autor que Espinosa menciona expressamente no momento em que apresenta sua teoria dos afetos e que ele se dá ao trabalho de refutar longamente no prefácio da parte V.[21] Eis por que é necessário examinar a maneira como ele se situa em relação ao filósofo francês e toma distância dele já no prefácio da *Ética* III para compreender a especificidade de sua concepção e esclarecer a natureza desse discurso misto que correlaciona o corpo e a alma através do conceito de afeto.

No prefácio, Espinosa anuncia sua intenção de retomar o exame da origem e da natureza dos afetos e se distingue dos predecessores que, como eles próprios confessaram, fracassaram todos nesta empreitada. Todavia, ele dá a Descartes um lugar à parte e desencadeia uma estranha ruptura com o autor das *Paixões da alma*.

> Ninguém que eu saiba determinou a natureza e as forças dos Afetos e o que, de sua parte, pode a Mente para moderá-los.

---

[20] Sobre a relação entre as emoções interiores cartesianas e os afetos ativos espinosanos, ver o artigo de Jean-Marie Beyssade, "De l'émotion intérieure chez Descartes à l'affect actif spinoziste", *Études sur Descartes*, p. 337-362.

[21] Jean-Marie Beyssade observa, aliás, que "Espinosa, em toda a *Ética*, só cita nomeadamente um autor, Descartes, e somente um livro desse autor, as *Paixões da alma* (III, pref., V, pref.)". Cf. "De l'émotion intérieure chez Descartes à l'affect actif spinoziste". *Études sur Descartes*, p. 338.

É claro que sei que o celebérrimo Descartes, embora também tenha acreditado que a Mente possui potência absoluta sobre suas ações, empenhou-se, porém, em explicar os Afetos humanos por suas primeiras causas e, simultaneamente, em mostrar a via pela qual a Mente pode ter império absoluto sobre os Afetos; mas, a meu parecer, ele nada mostrou além da grande penetração de seu engenho, como demonstrarei no devido lugar (*E* III, pref., G. II, p. 137-138).[22]

Curiosa ruptura, em verdade, pois primeiramente ela toma a forma de uma homenagem que se converte em seu contrário, como se Descartes tivesse os defeitos de suas qualidades: "ele nada mostrou além da grande penetração de seu engenho" (*magni sui ingenii acumen ostendit*). Descartes é penetrante, de fato, mas não é mais do que isso. E o que significa tal afirmação? Essa observação, que poderia à primeira vista parecer irônica e puramente retórica, não é fortuita e acidental, pois Espinosa a reitera no prefácio da parte V, onde apresenta a opinião de Descartes a respeito do poder absoluto da alma sobre suas paixões e confessa sua "dificuldade em crer que ela teria sido sustentada por um tão grande homem, se fosse menos penetrante" (*si minus acuta fuisset*). A questão é então saber em que Descartes é penetrante e em que sua penetração é ao mesmo tempo a confissão de um fracasso em compreender a natureza dos afetos e os meios de governá-los. O que significa precisamente essa penetração simultaneamente louvável e depreciativa?

Curiosa ruptura, em segundo lugar, pois mal acaba de ser anunciada, logo é adiada. Espinosa afirma, com efeito, que demonstrará no seu lugar (*ut suo loco*) o que ele avançou, e, de fato, a crítica em boa e devida forma das teses cartesianas só intervirá no prefácio da quinta parte da *Ética*. Por ora,

---

[22] Pappus, XXII, v. I, p. 55, *apud* VUILLEMIN, J. *Mathématiques et métaphysique chez Descartes*. Paris: PUF, 1960, p. 92.

Espinosa deixa Descartes de lado e se propõe a "voltar-se aos que preferem maldizer os afetos e as ações dos homens, ou ridicularizá-los em vez de compreendê-los" (p. 138). Tudo se passa, então, como se essa crítica não tivesse lugar aqui e devesse ser adiada para não parecer deslocada. Nessas condições, é possível perguntar-se por que Espinosa menciona aqui Descartes, mesmo deixando sua crítica para a parte V, e, em suma, dá lugar ao que não tem lugar. Não é estranho anunciar uma ruptura estrondosa na Parte III e consumá-la somente na parte V?

A homenagem ao *engenho* cartesiano

Para compreender a natureza da crítica e seu adiamento provisório, é preciso primeiro elucidar o sentido desse elogio ambíguo e definir em que consiste esta penetração imputada à inteligência cartesiana. Para tanto, cumpre notar que Espinosa não louva Descartes pela potência de seu entendimento (*intellectus*), mas pela acuidade de seu *ingenium*, termo que é geralmente traduzido em francês por "gênio" ou "inteligência" e que antes remete, em Espinosa, à ideia de temperamento ou de compleição dos seres. O *engenho* é um conceito que se aplica não somente a um indivíduo, mas a um povo, a uma nação, ao vulgar ou à turba.[23] O *ingenium* designa os traços característicos duráveis ligados aos hábitos de pensamento, ao modo de vida, à história, que fazem reconhecer um indivíduo ou um povo, distinguindo-o dos outros.[24] Esse *ingenium* pode manifestar-se por uma imaginação muito viva, como é o caso nos profetas, ou pela razão, como é o caso para o homem livre. No homem livre, com efeito, o *ingenium* está associado à

---

[23] Cf. *Tratado teológico-político*, cap. III, G. III, p. 54; cap. IV, G. III, p. 61; cap. V, G. III, p. 79. Edição brasileira.

[24] Sobre o conceito de *ingenium*, ver MOREAU, *L'expérience et l'éternité*, II, 3, p. 379 e ss.

condução racional da vida, como mostra o escólio da proposição 66 da *Ética IV*, em que Espinosa emprega a propósito do homem livre a expressão *ingenio et vivendi ratione pauca*. O *ingenium* cartesiano, de sua parte, não se caracteriza principalmente pela imaginação, como o profeta, nem pela razão, como o homem livre, mas por sua penetração.

Conforme o exame de suas ocorrências, "*acutus*" é um adjetivo que Espinosa emprega para qualificar os seres que têm uma inteligência dos assuntos humanos, que compreendem a natureza dos homens e os meios de governá-los. Posto à parte o caso de Descartes, Espinosa aplica esse qualificativo:

1) Aos políticos que se fundam sobre a experiência para estabelecer leis adaptadas aos homens. Ele afirma assim, no *Tratado político* (cf. cap. I, par. 3), que "são homens de espírito penetrante (*vires acutissimis*), astutos ou hábeis que estabeleceram a organização jurídica comum e geriram os assuntos públicos".

2) A Maquiavel, por duas vezes no *Tratado político*, no capítulo V, §7: "De quais meios um príncipe movido só pelo desejo de dominação deve utilizar-se para consolidar e conservar seu estado, o muito penetrante Maquiavel o mostrou em detalhe" (*acutissimus Machiavellus prolixe ostendit*); no capítulo X, §1: "a primeira causa de dissolução para Estados deste tipo (trata-se aqui das aristocracias) é a que o muito penetrante Florentino observa em seus *Discursos sobre Tito-Lívio*" (*acutissimus Florentinus observat*). Maquiavel é dito penetrante a respeito da conservação dos Estados, por um lado, e da sua dissolução, por outro. Essa acuidade remete antes a uma inteligência prática fundada sobre a observação e a experiência. Maquiavel não demonstra seu propósito por razões geométricas, ele mostra (*ostendit*) e observa (*observat*).

Quer dizer que, à maneira do de Maquiavel, o *ingenium* cartesiano se caracteriza por uma certa forma de sabedoria prática e prudência que o conduz a levar em conta a experiência e a distribuir conselhos úteis aos homens? Alguns indícios podem dar a pensar isso, já que Espinosa, embora critique globalmente o fracasso de seus predecessores em fundar uma ciência dos afetos e de seu controle, não os põe todos no mesmo saco. Ele saúda os homens eminentes, a quem confessa dever muito, que tiveram o mérito de "escrever muitas coisas brilhantes acerca da reta forma de viver e dar aos mortais conselhos cheios de prudência" (*Ética* III, prefácio, G. II, p. 138). Ora, imediatamente depois dessa observação, ele menciona Descartes, como se fizesse parte desta categoria. Entretanto, da mesma maneira que Maquiavel não é um simples empirista cuja reflexão se reduziria a uma coleção de observações e receitas para manejar os homens, não parece que Descartes se reduza a esses homens eminentes instruídos pelas lições da experiência. O modelo maquiaveliano vai além e nos convida a pensar o conceito de acuidade não somente como uma forma de sabedoria prática, mas igualmente como uma nova maneira razoável e racional de especular.

Maquiavel mostra grande acuidade, pois não pertence nem à categoria dos filósofos sonhadores que elaboram utopias em que os homens viveriam sempre em perfeita harmonia, nem à dos filósofos melancólicos que fazem a sátira dos vícios humanos. Ele se aplica a extrair os princípios e as regras da ação política partindo dos homens tais como são e não tais como deveriam ser. Fazendo-o, lança os fundamentos de uma ciência política rigorosa.

Dá-se o mesmo com Descartes, que não busca atacar as paixões e a natureza humana, mas descobrir os mecanismos que as dirigem. Ele deu mostras de acuidade, pois "empenhou-se em explicar os Afetos humanos por suas primeiras causas e, simultaneamente, em mostrar a via pela qual a Mente pode ter império absoluto sobre os Afetos" (*Ética* III, prefácio, G. II, p. 137). Em uma carta ao abade Picot de 14 de agosto de 1649, Descartes confessa sua intenção de elaborar uma ciência das paixões. "Meu desígnio não foi explicar as paixões como orador, nem mesmo como filósofo moral, mas somente como físico." Ele adota uma atitude desapaixonada a respeito das paixões e as considera objetos naturais de estudo. Descartes é penetrante porque é, no fundo, o primeiro dos espinosistas.

Ele aplica *avant la lettre* o preceito que comanda o procedimento de Espinosa na *Ética* III. Recusa-se a rir das paixões, a desprezá-las, mas aplica-se em compreendê-las. Portanto dá mostras de uma sagacidade que supera a de seus predecessores, pois procura os princípios das emoções e subordina o império sobre as paixões ao conhecimento de suas causas. Ele visa ao mesmo objetivo que o autor da *Ética* – a saber, a elaboração de uma ciência das paixões e a definição do poder da mente para controlá-las. O procedimento seguido pelos dois filósofos comporta um certo número de analogias, de modo que sob várias perspectivas Espinosa permanece na escola cartesiana.

Em primeiro lugar, em ambos a análise começa pela recolocação em causa dos trabalhos anteriores sobre o assunto. No artigo I das *Paixões da alma*, Descartes observa que "não há nada em que apareça melhor o quanto as ciência que temos dos antigos são defeituosas do que aquilo que eles escreveram sobre as paixões". É a mesma constatação de fracasso sobre a qual se abre o prefácio da *Ética* III. Mais precisamente ainda, Descartes afasta duas vias de abordagem, a dos oradores e a dos filósofos morais.

Ele se recusa, de início, a tratar as paixões como orador e rompe assim com a tradição em vigor entre os jesuítas, que recomendam o recurso à erudição[25] para o ensino da moral. Fundada na leitura dos poetas e dos filósofos latinos, como Sêneca e Cícero, esse método de abordagem era mais retórico do que científico pois visava a descrever as paixões da maneira mais tocante possível, de modo a exortar os ouvintes

---

[25] *Belles-lettres.* (N.T.).

a combater umas e praticar outras. Trata-se, portanto, mais de manter um discurso sobre as paixões com fins catárticos do que de elucidar sua natureza e suas leis.

Descartes se recusa igualmente a tratar as paixões como filósofo moral. Toma, assim, distância de Tomás e dos escolásticos, que explicam as paixões a partir de um ponto de vista ético e delas fazem uma rubrica da filosofia moral. Na *Suma teológica*, Tomás parte primeiro da beatitude da alma, depois analisa suas ações e, por fim, suas paixões. Descartes também se distancia de moralistas como Bodin, Montaigne ou Charron, que estimam que as paixões se ligam à moral, e não à ciência, pois elas não obedecem a leis constantes. Os filósofos morais, com efeito, concebem as paixões como perturbações, movimentos violentos que agitam a alma e se aparentam mais aos meteoros, na física, do que aos fenômenos regulares. Seu controle, portanto, decorre mais de uma sabedoria, de uma arte de viver, do que de uma ciência.

Espinosa, por sua vez, distingue tipos de abordagem que não são despidos de parentesco com as duas categorias cartesianas, os oradores e os filósofos morais, embora não as recubram exatamente. Com efeito, ele se demarca daqueles que poderíamos chamar moralistas, "que preferem amaldiçoar ou ridicularizar os Afetos e ações humanos em vez de inteligi-los" (*Ética* III, prefácio, G. II, p. 137). Sob essa rubrica, Espinosa compreende notadamente três figuras que ele explicita no escólio da proposição 35 da *Ética* IV: os teólogos que maldizem as ações dos homens, os satíricos que delas escarnecem e os melancólicos que as desprezam. Espinosa, a exemplo de Descartes, afasta os filósofos morais que creem que o homem perturba a ordem da natureza mais do que a segue e que fustigam os vícios humanos. Também critica, à sua maneira, os oradores que satirizam as paixões e vilipendiam a natureza humana. "Aquele que sabe mais arguta ou eloquentemente escarnecer a impotência da Mente humana é tido como Divino" (p. 137).

Em segundo lugar, o método de investigação comporta um inegável parentesco, a despeito de uma denominação diferente. Embora as paixões da alma ponham em jogo a união e sejam, em realidade, de uma natureza psicofísica, Descartes busca explicá-las como físico. O que isto quer dizer? A física, conforme o prefácio dos *Princípios da filosofia*, é a ciência da natureza inteira, e ela determina os vários princípios das coisas materiais. Ela comporta três principais ramos: o exame geral da maneira como o universo é composto, o estudo mais particular da terra e de todos os corpos, e, enfim, o conhecimento da natureza das plantas, dos animais e dos homens (cf. *Princípios da filosofia*, prefácio, AT, IX, p. 14). Tratar das paixões como físico é, antes de tudo, reconhecer que elas são parte integrante da natureza e que elas são submetidas a leis suscetíveis de ser conhecidas clara e distintamente. As paixões da alma, para Descartes, em certo sentido, não são paixões da alma, elas são paixões na alma, mas não provêm dela. Portanto há percepções que são determinadas por outra coisa que não a alma sozinha. Descartes se aplica então a buscar as causas que agem sobre a alma na paixão. As paixões têm uma causa física, a ação do corpo. Eis por que é preciso explicá-las como físico, destrinchando o mecanismo corporal que está em operação nelas. Descartes reintegra as paixões na natureza humana sem vituperá-las. Elas não são más em si mesmas, mas têm um lugar no seio da instituição da natureza. Elas assumem um papel decisivo na conservação da união da alma e do corpo. Com efeito, incitam a alma a querer as coisas para as quais elas preparam o corpo. Têm, portanto, um uso que "consiste em dispor a alma a querer as coisas que a natureza dita nos serem úteis e a persistir nessa vontade; como também a mesma agitação dos espíritos que costuma causá-las, dispõe o corpo aos movimentos que servem à execução dessas coisas" (*Paixões da alma*, parte II, art. 52). Descartes dirá, aliás, que elas "são todas boas por natureza" e que não há "nada a evitar senão seu mau uso ou seu excesso" (*Paixões da alma*, parte III, art. 211).[26]

É também essa naturalização e essa racionalização do fenômeno passional que Espinosa reivindica quando se propõe a tratar as paixões à maneira geométrica. Trata-se de romper com os que consideram as paixões como coisas fora da natureza e contrárias à razão. Se não partilha a ideia segundo a qual as paixões têm uma finalidade no seio da instituição da natureza, ele não desaprova Descartes quando se trata de postular a existência de uma ordem causal por trás da desordem aparente das paixões. Ele admite, como Descartes, o princípio de uma enumeração e de uma dedução dos afetos complexos a partir dos afetos primitivos, ainda que não esteja de acordo com ele sobre o número e a natureza desses afetos. É verdade que Descartes se propõe a explicar as paixões como físico, enquanto Espinosa se coloca como geômetra que considera "as ações e apetites humanos como se fosse questão de linhas, planos ou corpos" (*E* III, prefácio, G. II, p. 138).[27] Todavia, a diferente denominação do método de abordagem não é o índice de uma divergência de princípio, pois o modelo geométrico não se opõe ao modelo físico. Cumpre notar que Espinosa também trata os afetos como físico, na medida em que tenciona considerá-los como corpos. Isso é ainda mais patente no *Tratado político*, em que afirma ter "considerado as paixões humanas – por exemplo, o amor, o ódio, a cólera, o ciúme, a glória, a misericórdia e o resto dos movimentos da alma – não como

---

[26] Este juízo é mais nuançado na carta de 1º de novembro de 1646, em que Descartes escreve a Chanut: "Examinando-as, achei-as quase todas boas" (AT, IV, p. 538).

[27] A autora se refere ao texto latino estabelecido por C. Gebhardt (ver bibliografia), abreviado pelo letra "G", seguida do número do tomo. Para um fácil acesso ao texto latino, ver a edição bilíngue da *Ética* traduzida por Tomaz Tadeu (Belo Horizonte: Autêntica, 2007), que reproduz o texto de Gebhardt. Nesta edição, a passagem citada pela autora encontra-se na p. 162. (N.T.).

vícios da natureza humana, mas como propriedades que lhe pertencem tanto quanto o calor, o frio, o mau tempo, o trovão e outros fenômenos do gênero [que] pertencem à natureza da atmosfera" (*Tratado político*, cap. I, §4). Quando, por fim, se sabe que a física em Descartes é de natureza geométrica e que se reduz à ciência da substância extensa em comprimento e profundidade, torna-se claro que, nos dois autores, trata-se de construir uma geometria das paixões em várias dimensões.

Nos dois casos, é o modelo geométrico que está em operação, e mais particularmente o da linha. Desse ponto de vista, Descartes e Espinosa tomam emprestado dos antigos geômetras a maneira de pôr os problemas e de resolvê-los. Para Descartes, o método de conhecimento das coisas se refere primeiro às linhas. "Para considerá-las melhor em particular, eu as devia supor em linhas", escreve ele na segunda parte do *Discurso do método* (cf. AT, VI, p. 20). Espinosa convida igualmente a considerar os apetites humanos como se fosse questão de linhas. Esse modelo é calcado sobre o dos antigos geômetras que, para resolver os problemas, recorriam a linhas. Chegavam mesmo a nomear os problemas em função do tipo de linha que eles mobilizavam. É o que relata Pappus no século III, em sua *Coleção*, que reúne uma grande parte dos trabalhos dos geômetras gregos e foi traduzida em 1588:

> Os antigos geômetras consideravam três classes de problemas geométricos que eles chamavam planos, sólidos e lineares. Os que podiam ser resolvidos por meio de linhas retas e circunferências de círculos são chamados problemas planos porque as linhas ou as curvas que servem para resolvê-los têm sua origem em um plano. Mas os problemas de que se obtêm as soluções por meio de uma ou mais seções cônicas são chamados problemas sólidos, porque se tem para utilizar nesses casos as superfícies de figuras sólidas (superfícies cônicas). Resta uma terceira classe que é chamada linear porque são requeridas para sua construção outras linhas além daquelas que descrevemos, tendo origens diversas e mais embaralhadas.

> Tais são a espiral, a quadratriz, a concoide, que têm todas certas propriedades de importância (PAPPUS, XXII, p. 55).

Descartes menciona explicitamente essa classificação em sua *Geometria*, no início do livro II (cf. AT., VI, p. 388), e, embora conteste uma certa confusão no nível da denominação das linhas e de seus graus de composição, admite a ideia de que todos os problemas de geometria podem reduzir-se à construção de linhas.[28] Embora Espinosa não se remeta expressamente, na *Ética*, aos métodos dos antigos geômetras recenseados por Pappus, não é impossível ver igualmente na referência às linhas, aos planos e aos corpos uma reminiscência desse modelo de resolução de problemas. Toda a geometria dos afetos, por mais que sejam complexos, reduz-se com efeito à primeira dimensão, pois tudo pode ser explicado e deduzido a partir de três afetos primários. O desejo, a alegria e a tristeza (cf. *E* III, prop. 11, esc.) se assemelham, portanto, a linhas que permitem construir todos os afetos sem exceção. O amor e o ódio, enquanto implicam a composição da alegria e da tristeza com a ideia de uma causa externa, nos fazem entrar na segunda dimensão e coincidem com os planos. Todavia, a questão de saber se a analogia pode ser mantida até o fim é delicada, pois é mais difícil identificar com certeza absoluta os afetos que corresponderiam aos corpos e à terceira dimensão.[29]

---

[28] Cf. DESCARTES, R. *A geometria*, livro I, AT, VI, p. 369: "Todos os problemas de geometria podem facilmente ser reduzidos a tais termos que não é preciso, depois, senão conhecer o comprimento de algumas linhas retas para construí-los".

[29] Certos comentadores, como Pierre Macherey (cf. *Introduction à l'Éthique de Spinoza. La troisième partie*, p. 184), consideram que é com a imitação dos afetos, na proposição 21 da *Ética* III, que um novo estágio é alcançado. É verdade que se trata de um elemento decisivo, pondo em jogo as relações inter-humanas, mas nada permite literalmente afirmar que ele constitui o terceiro grau e corresponde aos corpos ou aos sólidos. Não há razão, aliás, para parar no terceiro grau, pois a combinação dos afetos pode prosseguir e se complexificar indefinidamente.

Ainda assim, é claro que o projeto de fundar uma ciência das paixões é comum aos dois autores, de modo que Descartes pode assumir o papel de predecessor.

Eis por que é preciso prestar homenagem a seu espírito penetrante. Ele não somente rompeu com a atitude comum que faz da paixão um fenômeno irracional e contranatureza, mas também formulou o problema em termos tais que se torna possível achar uma solução. O conhecimento rigoroso dos princípios e das leis das paixões é, de fato, a condição *sine qua non* de um império sobre elas. É porque se aplicou a determinar as primeiras causas das paixões e subordinou a questão de seu controle a esta pesquisa que Descartes é um filósofo cheio de acuidade.

Resta então compreender por que ele não mostrou nada além de sua engenhosidade. Espinosa é assaz elíptico a esse respeito na *Ética* III, mas dá a entender que Descartes, embora se tenha elevado acima de seus predecessores, recaiu nos mesmos caminhos que eles, visto que ninguém que se saiba pôde determinar a verdadeira natureza dos afetos e o poder da mente sobre eles. Em suma, o autor das *Paixões da alma* colocou bem o problema, mas não soube resolvê-lo. Deu mostras de acuidade, pois abriu o caminho, mas embrenhou-se, por fim, em um via sem saída. Trata-se agora, portanto, de explicar as divergências de fundo e as razões pelas quais a crítica anunciada é adiada para a parte V da *Ética*.

As razões da ruptura

A ruptura se refere principalmente a dois pontos já enunciados no prefácio da *Ética* III – a saber, a natureza da causa das paixões e a natureza do poder da mente sobre elas. Se Espinosa e Descartes estão de acordo em reconhecer que as paixões possuem uma razão de ser natural, divergem radicalmente quanto à determinação de suas causas primeiras. Para

Descartes, as paixões em sentido geral são percepções da alma que podem ter duas causas: a alma e o corpo. (cf. *As paixões da alma*, parte I, art. 19). As percepções que têm a alma como causa são as percepções de nossas vontades, de nossas imaginações ou dos pensamentos que delas dependem. São, em um sentido, paixões, pois a alma não pode impedir-se, no momento em que quer, de perceber que quer. "Embora do ponto de vista de nossa alma seja uma ação de querer algo, pode-se dizer que é também nela uma paixão perceber que quer" (art. 19). Ora, para Descartes, como a percepção da vontade e a vontade são uma só e mesma coisa, é possível considerá-la como uma ação da alma. As paixões da alma que têm a alma como causa podem ser chamadas legitimamente ações da alma. Não são paixões no sentido forte, visto que a alma é simultaneamente o agente e o paciente. Para o autor, "a denominação se faz sempre pelo que é o mais nobre e assim não se costuma nomeá-la uma paixão, mas somente uma ação" (art. 19).

As paixões, no sentido estrito do termo, têm como causa uma ação do corpo (art. 2). Descartes, com efeito, admite uma correlação entre a ação e a paixão. Ação e paixão são denominações diferentes de uma mesma mudança. A paixão designa a mudança vista da perspectiva do sujeito no qual ela ocorre, do paciente que é movido e comovido. A ação designa a mudança vista da perspectiva do sujeito que faz que ela ocorra, o agente que move e comove. A paixão da alma é uma ação do corpo; ela é uma realidade física quanto a sua causa, o que permite compreender por que, em última instância, Descartes se aplica em explicar as paixões como físico. A paixão implica a compreensão das funções do corpo e de seus movimentos. No sentido mais preciso e determinado, as paixões da alma são causadas pelo movimento dos espíritos animais, essas pequenas partículas sanguíneas peneiradas pelo cérebro, as quais se deslocam muito rapidamente e prosseguem mecanicamente sua agitação em circuito fechado. No artigo

27, Descartes define exatamente as paixões como "percepções ou sentimentos ou emoções da alma que se referem particularmente a ela e que são causadas, mantidas e fortificadas por algum movimento dos espíritos".

É quanto ao final da definição que surge a divergência entre os dois autores. É o que se depreende já do prefácio da *Ética* III, em que Espinosa constata que, dentre todos os que escreveram sobre os afetos, ninguém determinou sua natureza e causa. E é o que é confirmado pelo breve comentário intercalado na citação da definição cartesiana no decorrer do prefácio da *Ética* V. Espinosa admite integralmente a primeira parte, segundo a qual as paixões são "percepções ou sentimentos ou emoções da alma que se referem particularmente a ela", mas ele chama a atenção, com um *nota bene* (*EV*, pref.; G II, p. 279),[30] para a causa que Descartes lhes atribui. A causa próxima das paixões não poderia ser o movimento dos espíritos animais. Com efeito, Espinosa distingue dois tipos de afetos em função de sua causa produtora: as ações e as paixões. Aliás, esta é uma das razões pelas quais ele parte do conceito mais geral de afeto, que engloba ao mesmo tempo as ações e as paixões. As ações são os afetos de que somos causa adequada, total, isto é, aqueles que se explicam por nossa natureza apenas, e as paixões são os afetos de que somos causa inadequada, parcial, isto é, aqueles que não se explicam apenas por nossa natureza, mas implicam igualmente causas exteriores.

A rigor, Espinosa estaria de acordo com Descartes para dizer que as ações dependem somente da mente, mas de jeito nenhum admite a ideia de que as paixões sejam causadas pelo corpo. Para ele, os afetos passivos recobrem, como todo afeto, uma realidade física e corporal, pois eles são constituídos simultaneamente (*simul*) por afecções do corpo e pelas ideias

---

[30] Isto é: "note-se bem" ou "observe-se". Na edição da Autêntica, p. 366; ver nota 26 na página 54 deste livro. (N. T.).

dessas afecções, mas a causa da paixão deve ser buscada fora do corpo. O corpo e a mente são uma só e mesma coisa que se explica de duas maneiras, seja em relação à extensão, seja em relação ao pensamento. Eles não interagem um sobre o outro, eles agem e padecem concertadamente. Para Espinosa, "nem o Corpo pode determinar a Mente a pensar, nem a Mente pode determinar o Corpo ao movimento, ao repouso ou a alguma outra coisa (se isso existe)" (*E* III, prop. 2). As paixões não dependem, portanto, do corpo, mas das ideias inadequadas, ao passo que as ações nascem das ideias adequadas. Explicar as paixões não é compreender a ação do corpo, mas compreender a formação de ideias inadequadas. Trata-se, com efeito, de explicar por que a mente não é sempre causa total, adequada de suas ideias, por que lhe ocorre ser causa parcial, inadequada de suas ideias e, por isso, padecer. A razão se liga ao lugar que o homem ocupa no seio da natureza e a seu estatuto ontológico de modo finito, que não pode evitar sofrer mudanças de que não é causa adequada. O homem não é senão uma parte da Natureza que não pode ser concebida sem as outras partes (*E* IV, prop. 2). Logo, as mudanças que o afetam não podem sempre se explicar só pelas leis de sua natureza (*E* IV, prop. 4). Ele está submetido à ação de causas externas que não convêm necessariamente com sua natureza, e ele as padece.

Essa primeira divergência concernente à causa das paixões acarreta uma segunda divergência a respeito das vias pelas quais a alma pode moderá-las e adquirir um império sobre elas. Como bom número dos que escreveram sobre os afetos, Descartes "também acreditou que a mente tinha um poder absoluto sobre suas ações" (*E* III, pref.; G II, p. 137-138).[31]

Com efeito, para Descartes, a alma, por seu livre arbítrio e sua vontade infinita, possui um poder absoluto e direto sobre

---

[31] Na edição da Autêntica, p. 160. (N.T.).

suas ações. É verdade que ela só tem uma aplicação indireta e relativa sobre suas paixões (*As paixões da alma*, parte I, art. 41), pois, uma vez que elas são desencadeadas, devido ao movimento dos espíritos animais, a alma não pode dispor inteiramente delas. A paixão é uma ação do corpo e permanece presente em nosso pensamento enquanto o movimento que ocorre no coração, no sangue e nos espíritos não cessou (art. 46). Se a alma é dotada de um poder absoluto sobre suas ações e vontades, não o tem imediatamente sobre suas paixões. Ela pode facilmente vencer paixões fracas, como o fato de ouvir um leve barulho ou de sentir uma pequena dor, distraindo-se, prestando atenção em outra coisa, mas não pode superar as grandes "senão depois que a emoção do sangue e dos espíritos se apaziguou" (art. 46). Descartes precisa, a esse respeito, que "o máximo que a vontade pode fazer enquanto essa emoção está em vigor é não consentir com seus efeitos e deter os movimentos aos quais ela dispõe o corpo. Por exemplo, se a cólera fez erguer a mão para bater, a vontade pode normalmente retê-la; se o medo incita as pernas a fugir, a vontade pode pará-las, e assim por diante" (art. 46).

Se a alma, uma vez desencadeada a paixão, só tem um poder indireto sobre o corpo, ela pode, todavia, chegar a um controle absoluto sobre suas emoções. É o que evidencia o artigo 50, mostrando que "não há alma tão fraca que não possa, sendo bem conduzida, adquirir um poder absoluto sobre as paixões". Como isso é possível? A interação entre a alma e o corpo se efetua, em Descartes, por intermédio da glândula pineal, situada atrás do cérebro, de uma tal maneira que a cada movimento da glândula é unido um pensamento. Essa correspondência entre um movimento da glândula e um pensamento é uma instituição da natureza, de modo que o medo na alma dispõe o corpo a um movimento de fuga, mas pode ser modificado pelo hábito e pela indústria, a fim de que, por exemplo, à cólera, à qual se junta naturalmente um movimento da glândula que impele os espíritos animais em grande quantidade para o braço a fim de bater, seja associado outro movimento, como a retenção. O exercício e o direcionamento de que são dadas ilustrações no artigo 50 podem assim modificar o curso dos espíritos animais e permitir adquirir um poder absoluto sobre as paixões. Esse império da alma é em realidade um império sobre o corpo, seja no caso do movimento voluntário ou no caso do controle das paixões pelo exercício e o hábito.

Espinosa poderia, a rigor, conceder a Descartes que a alma tem um poder absoluto sobre suas ações se, por "poder absoluto", não se entendesse o que resulta de um livre arbítrio, mas o que só tira sua determinação de si mesmo. Com efeito, os afetos ativos se explicam por nossa natureza apenas e só dependem da potência da mente ou, o que recai no mesmo, do corpo. Ele poderia igualmente convir com o autor das *Paixões da alma* em que a alma bem conduzida pode adquirir um império sobre suas paixões. Por outro lado, jamais esse império é um império sobre o corpo, e jamais esse império poderia ser absoluto, como lembra o prefácio da *Ética* V, consagrada contudo à liberdade e à potência do entendimento (cf. G II, p. 277).[32] O império não é um império da alma sobre o corpo, mas da alma sobre ela própria. A chave da explicação das paixões e do poder da alma sobre elas reside no conhecimento exato da potência da mente, na determinação do que ela pode fazer e não fazer. Ela não pode fazer com que não tenha nenhuma paixão, como mostram a proposição 4 da *Ética* IV e seu corolário. "Não pode acontecer que o homem não seja parte da Natureza e que não possa padecer outras mudanças a não ser as que podem ser inteligidas por sua só natureza e das quais é causa adequada." "Daí segue que o homem está

---

[32] "Pois, que não temos sobre eles [os afetos] um império absoluto, nós o demonstramos acima". Na edição da Autêntica, p. 364; ver nota 26 na página 54 deste livro. (N.T.).

sempre necessariamente submetido a paixões, segue a ordem comum da Natureza e a obedece, acomodando-se a ela tanto quanto exige a natureza das coisas."

Ele pode fazer que todo afeto passivo cesse de sê-lo, graças ao poder de compreender. "O afeto que é uma paixão deixa de ser paixão tão logo formemos uma ideia clara e distinta dele" (cf. *E*V, prop. 3). Isso vale para todos os afetos, pois "não há nenhuma afecção do Corpo de que não possamos formar um conceito claro e distinto" (cf. *E*V, prop. 3). O sábio, por conseguinte, não é um ser isento de paixões, mas aquele que pode fazê-las cessar assim que começam. É o império do saber que subtrai o homem do império da ordem comum da Natureza. Tudo se liga, portanto, à potência do entendimento. Em outras palavras, para Espinosa, o conhecimento da causa das paixões e a determinação dos remédios ou dos meios de contê-las não são duas questões separadas. Elas se reduzem a uma só e mesma coisa – a saber, o conhecimento exato da potência da mente, a uma confrontação da natureza do homem e da Natureza inteira.

Em realidade, o que Espinosa reprova em Descartes é ter desconhecido a potência da mente e sua verdadeira natureza. Se Descartes se engana sobre a causa das paixões é porque ele crê que a mente pode ser afetada pelo corpo. Uma ação do corpo sobre a alma só é de fato possível se se admite que a alma é de uma tal natureza que ela pode sofrer os movimentos de um modo da extensão. Se Descartes se engana sobre os remédios para as paixões, imputando à alma o poder de agir sobre o corpo e de adquirir, se bem conduzida, um poder absoluto sobre as paixões, é porque crê que podemos voluntariamente juntar movimentos do corpo a julgamentos firmes e determinados da alma. Descartes não sabe o que pode a mente, e todos os seus erros concernentes à causa e ao remédio das paixões provêm disso. Compreende-se, então, por que Espinosa, no prefácio da Parte III, adia a explicação das razões pelas quais Descartes só mostrou a penetração de seu espírito. Para retificar os erros cartesianos, importa dispor de uma ideia adequada da natureza e dos limites do poder da mente, que serve de norma e permite separar o verdadeiro do falso. Eis por que a crítica da teoria do autor das *Paixões da alma* só pode surgir na parte V, consagrada expressamente a essa questão da determinação da potência do entendimento e da liberdade do homem. Ela não tem lugar antes, senão de uma maneira meramente programática. Uma vez determinadas as causas das paixões ou da servidão na parte IV e as causas das ações ou da liberdade na parte V, o erro se dissipará por si mesmo, e a concepção cartesiana se revelará como o que ela é: uma hipótese oculta, uma ficção.

Após ter sido adiada, a demonstração em boa e devida forma dos erros cartesianos pode então ter lugar e ordenar-se em torno de quatro linhas mestras:

1) A crítica da ficção da união da alma e do corpo e da designação da sede da alma na glândula pineal. A alma enquanto substância pensante não pode ser unida a uma pequena porção da matéria.

2) A crítica da ficção de uma interação entre as forças da alma e os movimentos do corpo que, em virtude de sua natureza heterogênea, não são comensuráveis.

3) A crítica da ficção da glândula pineal.

4) A crítica da ficção de uma vontade livre e de um poder absoluto.

Em definitivo, se Maquiavel é assaz penetrante, pois soube determinar os meios pelos quais um príncipe pode conservar seu império, Descartes é apenas penetrante, pois não soube determinar os meios pelos quais a alma pode conservar o seu. Ele apreendeu o problema, mas não foi mais longe. Em suma, toda a sua acuidade se resume a ter dado falsas soluções a verdadeiros problemas.

A gênese diferencial dos afetos no prefácio do *Tratado teológico-político* e na *Ética*

As razões dessa confrontação

Se, no prefácio da *Ética* III, Espinosa rompe totalmente com Descartes para fundar um nova ciência dos afetos, não é menos verdade que suas obras de juventude trazem a marca das concepções do autor das *Paixões da alma*. No *Breve tratado*, com efeito, a análise da natureza dos afetos desposa ainda um esquema cartesiano em pelo menos dois níveis:

Primeiramente, a natureza da causalidade que rege as relações entre a alma e o corpo permanece em parte obediente ao cartesianismo. Certamente, Espinosa toma distância do autor das *Paixões da alma*, recusando admitir que o corpo seja a causa principal das paixões da alma. A causa próxima dos afetos (*lijdingen*) na alma é o conhecimento – dito de outra maneira, uma modalidade do pensamento. Os afetos só podem ser experimentados por um ser que concebe e que é constituído por modos de pensar. Assim, o amor, o desejo e todos os afetos em geral decorrem de três modos de conhecimento diferentes pelos quais o homem se apreende a si mesmo: a opinião (*waan*), que repousa sobre uma concepção por ouvir dizer e por experiência; a crença correta[33] (*geloof*), que implica uma percepção das coisas e de sua necessidade pelo intermédio da razão sem visão direta; o conhecimento claro (*klaare kennisse*), fundado não sobre uma convicção nascida de raciocínios, mas sobre o sentimento e o gozo da própria coisa (*Breve tratado*, parte II, cap. 2, §2). Da opinião nascem todos os afetos ou paixões, como o ódio e a aversão, que são contrário à reta razão. Da crença correta nascem todos os afetos ou paixões que são bons desejos, como no exemplo da nobreza ou da humildade que envolvem o conhecimento da perfeição de cada um segundo o seu valor próprio (*Breve tratado*, parte II, cap. 8, §3). Do conhecimento claro, enfim, nasce o puro e verdadeiro amor – a saber, o amor de Deus.

Ainda que todos os afetos sejam o produto de um modo de conhecimento, Espinosa continua entretanto a admitir a ideia de uma ação recíproca da alma sobre o corpo e do corpo sobre a alma. No *Breve tratado*, Espinosa cai portanto em parte sob o golpe das críticas que ele desenvolverá na Parte III da *Ética*, porque ele visa à possibilidade de uma interação entre a alma e o corpo e de produção de efeitos de um sobre o outro (*Breve tratado*, parte II, cap. 19, §11-14). Esses efeitos são certamente limitados, mas reais. Se a alma não é jamais a causa do movimento ou do repouso do corpo, ela dispõe entretanto do poder de mover os espíritos animais e de desviar sua direção.[34]

---

[33] No original, *croyance droite*. Em sua tradução do *Breve tratado* para o espanhol, Atilano traduz a expressão holandesa *waare geloof*, que aparece inicialmente no Cap. IV, §1, da parte II, por "verdadeira fé" (cf. SPINOZA *Tratado breve*. Tradução de Atilano Dominguez. Madrid: Alianza, 1990, p. 106). Essa tradução literal da expressão é seguida também na edição das obras completas de Espinosa, na França, coordenada por P.-F. Moreau: *croyance vraie*, crença verdadeira (cf. SPINOZA. *Œuvres I – Premiers écrits*. Trad. Joël Ganault. Paris: PUF, 2009, p. 277). (N.T.).

[34] *Breve tratado*, parte II, cap. 19, §11: "A alma pode de fato, como foi dito, fazer que, no corpo, os espíritos que se moviam para um certa lado se movam agora para um outro...".

Embora não possa dar razão do que ocorre na alma, o corpo, de sua parte, é causa da percepção que ela tem dele.[35]

Na *Ética*, nenhum traço dessas concepções permanece. As modificações de movimento são apresentadas como aptidões do corpo, sem que o agente que as determina seja identificado, quando elas são constrangidas.[36] Parece todavia excluído que a alma possa ser a causa disso. É o que resulta da proposição 2 da *Ética* III, segundo a qual "nem o Corpo pode determinar a Mente a pensar, nem a Mente pode determinar o Corpo ao movimento, ao repouso ou a alguma outra coisa (se isso existe)". É necessário notar que a última precisão "ou a alguma outra coisa (se isso existe)" só é feita para a mente e não tem equivalente para o corpo. É possível interpretá-la não somente como uma fórmula retórica destinada a radicalizar a afirmação e banir toda determinação recíproca, mas como o índice de uma reviravolta ou de uma crítica implícita das teses anteriores do *Breve tratado*, onde Espinosa visava ainda à possibilidade para alma não de produzir, mas de desviar o movimento dos espíritos animais numa outra direção. Da mesma maneira, na *Ética*, a percepção do corpo pela alma não aparece mais como um efeito do corpo, mas

---

[35] *Breve tratado*, parte II, cap. 19, §13: "Assim, tendo falado dos efeitos que a alma tem no corpo, vejamos agora aqueles que o corpo tem na alma; afirmamos que sendo entre eles o principal que o corpo faz que a alma perceba a ele próprio e por isso também a outros corpos, o que não tem outra causa além do movimento junto ao repouso, não havendo no corpo outras coisas pelas quais ele pode agir".

[36] Cf. *E* II, prop. 13, lemas 6 e 7: "Se alguns corpos, componentes de um Indivíduo, são constrangidos a mudar a direção de seu movimento de um lado para outro, mas de maneira tal que possam continuar seus movimentos e comunicá-los entre si com a mesma proporção de antes, igualmente o Indivíduo manterá sua natureza sem nenhuma mutação de forma". Lema VII: "Além disso, um Indivíduo assim composto mantém a sua natureza, quer se mova por inteiro, quer esteja em repouso, quer se mova em direção a este, ou àquele lado, contanto que cada parte mantenha o seu movimento e que o comunique às outras como dantes".

se efetua pelo intermédio das ideias das afecções do corpo, as quais estão em Deus enquanto ele constitui a natureza de nossa mente e se encontram portanto, devido a esse fato, necessariamente em nós (cf. *E* II, prop. 19, dem.).

A definição dos afetos na *Ética* marca portanto uma viragem, porque não é mais questão de admitir que a mente e o corpo possam agir um sobre o outro de qualquer maneira que seja. O discurso misto que ela promove não é portanto um discurso interativo. Se se trata, como em Descartes, de apreender simultaneamente a potência de agir e de padecer do corpo e da mente, toda a diferença está no valor do *simul*. Em Espinosa, ele exclui toda causalidade recíproca e toma a forma de uma equivalência e de uma correspondência entre modos e atributos diferentes.

Além da sobrevivência parcial, no *Breve tratado*, da concepção cartesiana da causalidade, a influência do autor das *Paixões da alma* se manifesta em segundo lugar ao nível do princípio de enumeração dos afetos. Espinosa reproduz a ordem de recenseamento das paixões. Para Descartes, todas as paixões da alma são ideias confusas, causadas, fortificadas e mantidas pelo movimento dos espíritos animais, e nascem da composição de seis emoções primitivas: a admiração, o amor, o ódio, o desejo, a alegria e a tristeza (cf. *As paixões da alma*, parte II, art. 69). Ora, quando Espinosa lista no *Breve tratado* as principais paixões que nascem da opinião, ele menciona, em primeiro lugar, a admiração (*verwondering*), o amor, o ódio, o desejo.

Essa enumeração está muito distante daquela da *Ética*, pois, nessa obra, o desejo, que figura em último lugar no *Breve tratado*, vem em primeiro e ocupa um lugar central, não somente em virtude de seu estatuto de afeto primitivo, mas em virtude de sua natureza expressiva da própria essência humana enquanto determinada a produzir as coisas necessárias à conservação do homem.

Ademais, a alegria e a tristeza que constituem na *Ética* os dois únicos outros afetos primitivos, à parte o desejo, não são sequer mencionados como exemplos de afetos principais no capítulo 2 da parte II do *Breve tratado* e serão analisados somente no capítulo 5.

Quanto à admiração, que ocupava um lugar de destaque no *Breve tratado* conforme o modelo cartesiano, ela é rebaixada ao nível das afecções simples e desaparece da lista dos afetos na *Ética*.

A questão é então saber quando, como e por que se operou essa transformação da concepção dos afetos. Certamente não se trata de reduzir o *Breve tratado* a um texto cartesiano, pois desde essa obra as distâncias são tomadas com relação ao autor dos *Princípios*. A definição da causa próxima e principal das paixões não é o corpo, e o exercício da causalidade recíproca permanece uma exceção. Trata-se entretanto de compreender por quais caminhos Espinosa chegou a sua concepção original dos afetos.

Nessa ótica, o *Tratado teológico-político* aparece como um instrumento privilegiado de análise, porque, em virtude do lugar estratégico que ele ocupa na economia do sistema, serve de intermediário e pode fornecer elementos suscetíveis de esclarecer a gênese do texto definitivo. Publicado em 1870, ele se situa num período de transição entre esse texto de juventude que é o *Breve tratado* – se bem que a data exata de sua redação não seja conhecida com inteira certeza – e a obra acabada que é a *Ética*, publicada em 1677, após a morte de Espinosa. Por sua posição mediana, o *Tratado teológico-político* pode oferecer um ponto de vista interessante sobre a evolução do pensamento de Espinosa e sobre a elaboração de suas novas concepções a respeito dos afetos de do princípio de sua enumeração. Ele constitui uma marca suscetível de atestar a ruptura com Descartes, que não está ainda totalmente consumada no *Breve tratado*, e do remanejamento dos conceitos que se opera no decorrer do tempo. Eis por que uma confrontação entre essa obra e a *Ética* se revela necessária.

Além de seu papel de instrumento de avaliação da evolução de Espinosa, ela pode ser igualmente frutífera por uma outra razão. Embora o *Tratado teológico-político* não tenha por objeto expresso a análise da natureza e da origem dos afetos, seu prefácio se abre com uma descrição do comportamento do homem presa das vicissitudes da fortuna e aponta seus diversos sentimentos, de modo que ele se aparenta a uma gênese histórica dos afetos, ou ao menos a uma tentativa de descrição do nascimento das paixões nos homens em uma situação dada. Desse ponto de vista, ele oferece uma perspectiva interessante para a compreensão dos afetos, pois não expõe a ordem geométrica de dedução dos afetos que vai do simples ao complexo, do primário ao composto, mas relata sua aparição e seu modo de engendramento em função das circunstâncias e eventos históricos. Ele é portanto mais capaz de compreender o homem real tomado em uma rede de relações com o mundo exterior. Enquanto a *Ética* elabora uma psicologia geométrica dos afetos, as análises do *Tratado teológico-político* estão mais próximas do que Kant chamaria uma antropologia pragmática dos afetos. O modo de argumentação do prefácio o testemunha, porque ele mistura as deduções e os raciocínios a observações empíricas,[37] a referências ao vivido e a exemplos históricos como aquele de Alexandre (cf. *Tratado teológico-político*, prefácio, §4, p. 59). Nessas condições, pode ser interessante confrontar essas duas vias de abordagem e interrogar-se sobre a significação e o peso das diferenças. A questão é saber se as diferenças são o índice

---

[37] Cf. por exemplo, *Tratado teológico-político*, prefácio §2, p. 57: "*Ninguém com efeito viveu entre os homens sem notar* que a maior parte, por maior que seja sua experiência, regojiza-se de tal modo de sabedoria nos dias de prosperidade, que seria uma injúria lhes dar um conselho...". Somos nós que sublinhamos.

de uma simples mudança de pontos de vista compatíveis entre si ou se elas revelam divergências que atestam uma mutação do pensamento de Espinosa.

Os princípios dessa confrontação

A confrontação entre a gênese dos afetos no prefácio do *Tratado teológico-político* e sua dedução *more geometrico* na *Ética* pode parecer vã à primeira vista, pois as duas obras não têm nem o mesmo objeto nem o mesmo estatuto, de modo que elas são dificilmente comparáveis. Se, na *Ética* III, Espinosa se apega explicitamente a determinar a natureza e a origem dos afetos, em contraposição não há aparentemente equivalente desse empreendimento no *Tratado teológico-político*. Essa obra não compreende, propriamente falando, teoria dos afetos; ela é simplesmente marcada com notas sobre o assunto que não pressupõem uma doutrina prévia de conjunto, como é o caso no *Tratado político*, onde Espinosa recapitula as principais aquisições de seu sistema, expõe e explica as noções essenciais, demonstrando-as brevemente de novo, a fim de que seu propósito seja inteligível sem que seja necessário referir-se aos textos anteriores (cf. *Tratado político*, cap. 2, §1). Assim, nos capítulos I e II do *Tratado político*, o autor lembra a concepção das paixões elaboradas na *Ética* e refere-se a ela expressamente (cf. *Tratado político*, cap. 1, §5; cap. 2, §1). Nada disso existe no *Tratado teológico-político*, de modo que a teoria dos afetos, se teoria há, deve ser construída a partir de notas pontuais e de observações oferecidas ocasionalmente por Espinosa. A ausência de uma tal teoria, no entanto, não deve ser sobreinterpretada, na medida em que o *Tratado teológico-político* não tem por objeto expresso a determinação da essência dos afetos, mas a demonstração da compatibilidade da liberdade de pensar de cada um com as autoridades teológico-políticas e da necessidade dessa liberdade para preservar a paz e a piedade.

Ora, se o estabelecimento dessa tese implica o exame das relações entre filosofia e teologia, de uma parte, e entre filosofia e política, de outra, ele não requer o estudo sistemático dos afetos, mas simplesmente a análise pontual de certas paixões nocivas ou propícias à liberdade de pensar e à paz civil. Espinosa não mobiliza portanto senão o que é necessário à economia de seu propósito e, por isso, não é de modo algum espantoso que ele não consagre um capítulo ou uma parte de sua obra à análise dos afetos, como ele o fez no *Breve tratado*, ou como o fará na *Ética*.

Se a confrontação entre essas duas obras é perigosa, visto que a *Ética* e o *Tratado teológico-político* não se situam no mesmo terreno especulativo, ela não é entretanto impossível, com a condição de submeter sistematicamente as conclusões à contraprova da diferença dos gêneros e de verificar se as divergências se explicam unicamente pelas exigências do propósito e pela natureza do tema ou se elas testemunham uma evolução do pensamento de Espinosa. Visto que o *Tratado teológico-político* não comporta teoria sobre esse tema, tratar-se-á de determinar as principais características dos afetos tais como são enunciadas na *Ética* e de se servir disso como norma para medir as distâncias que separam as duas obras. A evolução do pensamento de Espinosa será assim analisada sobre a base de três pontos maiores de confrontação: a definição dos afetos, de suas causas e do princípio de sua denominação.

Os princípios da definição e da denominação dos afetos na *Ética*

A teoria dos afetos exposta na Parte III da *Ética* é apresentada, como sabemos, segundo a ordem geométrica que prevalece em toda a obra. Conforme os requisitos do modelo euclidiano de demonstração, Espinosa começa por formular a definição do afeto e o assimila ao mesmo tempo às afecções do corpo que têm uma incidência sobre a potência de agir e às ideias dessas afecções. Ora, segundo o *Tratado da reforma do entendimento*, a boa definição de uma coisa criada ou de um modo, para retomar o vocabulário em vigor na *Ética*, deve verificar três principais critérios. Primeiramente, ela deve exprimir a essência íntima da coisa (*TIE – Tratado da reforma do entendimento*, §51). Em segundo lugar, ela deve compreender sua causa próxima (*TIE* §52). A causa próxima é a causa imediatamente produtora da coisa. Não se trata de se lançar em uma regressão ao infinito e de se interrogar sobre a causa da causa próxima e assim *ad infinitum*. Se todo modo finito é o resultado de uma série de causas finitas, é preciso e basta, para dar razão de sua essência, mencionar a causa próxima, estando entendido que Deus e seus atributos são causa de todas as coisas. Eis por que a boa definição do círculo não envolve a série das causas que podem produzir sua existência, mas se detém na ideia de segmento do qual uma extremidade é fixa e a outra móvel, ideia que basta para pôr à luz seu modo de engendramento. Em terceiro lugar, a definição deve ser tal que "todas as propriedades da coisas possam ser dela concluídas" (*TIE* §53).

A definição 3 da Parte III verifica essas exigências, pois ela não se limita a exprimir a essência dos afetos, mas determina igualmente sua causa próxima. Espinosa precisa, de fato, que o afeto é o fruto seja de uma causalidade adequada, caso no qual ele é uma ação, seja de uma causalidade inadequada, caso no qual ele é uma paixão. Essa definição, enfim, é de uma natureza tal que todas as propriedades dos afetos podem ser dela concluídas. Basta analisá-la para ver que ela contém implicitamente todas as características dos afetos que serão deduzidas nas Partes III, IV e V da *Ética*. Assim, é aprofundando o conceito de causa inadequada e explicitando suas implicações últimas, que é possível compreender a razão das paixões e imputá-la ao fato de que o homem é apenas uma parte da natureza, que não pode deixar de padecer outras mudanças que aquelas que se explicam por sua só essência. A causa inadequada, enquanto ela é essa causa parcial cujo efeito não pode ser compreendido por ela sozinha (*E* III, def. 1), implica o concurso de outras causas exteriores e convida, por consequência, a conceber o agente como um modo determinado por outros modos no seio da natureza naturada.

É igualmente analisando a definição do próprio afeto que é possível deduzir a existência de três afetos primitivos. Ainda que eles não sejam explicitamente mencionados, o desejo, a alegria e a tristeza estão contidos na definição 3. Com efeito, a alegria e a tristeza são respectivamente apresentadas sob a forma do aumento ou da diminuição da própria potência de agir. Quanto ao desejo, ele pode ser deduzido da potência de agir ela mesma, enquanto ela toma a forma de um esforço para perseverar no ser e se opor ao que lhe é contrário. Ora, esse esforço, quando ele é relacionado ao corpo e à mente, chama-se apetite e toma o nome de desejo quando ele é acompanhado de consciência (*E* III, prop. 9, esc.). O conceito de potência de agir, tal como aparece na definição 3, envolve portanto o desejo.

Uma vez deduzidos o desejo, a alegria e a tristeza a partir da existência de uma potência de agir capaz de suportar muitas mudanças que a fazem passar a uma perfeição seja maior, seja menor, Espinosa pode construir toda a geometria dos afetos fundando-se sobre o modelo linear constituído pelo trio primitivo e entrar na segunda dimensão. Sobre os afetos primários que se relacionam unicamente à perfeição do homem, vêm enxertar-se afetos mais complexos que põem em jogo as relações flutuantes a uma causa exterior. Assim nascem o amor e o ódio, a esperança e o medo, a segurança e o desespero, o contentamento e o remorso (*E* III, prop. 18, esc. 2). Num estado ulterior de composição e de complexificação aparecem os afetos como a piedade, o apreço, a indignação ou a inveja, que nascem dos afetos de outrem, quando a causa exterior assume a figura do semelhante e induz uma imitação afetiva.

Sem entrar na enumeração completa dos afetos, é possível operar uma confrontação entre o *Tratado teológico-político* e a *Ética* com base em três pontos de comparação: a definição dos afetos, a natureza de sua causa, que permite distinguir as ações das paixões, e o princípio de sua enumeração.

Os princípios da concepção de afeto no *Tratado teológico-político*

Essa tarefa, todavia, se depara com três obstáculos. No *Tratado teológico-político*, em primeiro lugar, o conceito de afeto não é objeto de uma definição em boa e devida forma. Em segundo lugar, suas diversas espécies não são expressamente distinguidas em virtude da natureza do conhecimento que elas põem em jogo, como é o caso tanto no *Breve tratado* quanto na *Ética*. Em terceiro lugar, não há enumeração operada a partir de afetos chamados "principais" no *Breve tratado* e "primários" ou "primitivos" na *Ética*. Quer dizer que toda confrontação esteja voltada ao fracasso?

A ausência de definição, de subdivisão e de enumeração não é um empecilho. É certo que ela convida à prudência, mas ela não é um obstáculo intransponível, pois, de um lado, não é impossível *a priori* reconstruir uma definição a partir de elementos esparsos; de outro lado, o prefácio do *Tratado* oferece o equivalente de uma gênese dos afetos em situação. Eis por que, em boa lógica, a ordem da análise deve ser invertida e começar pelo exame dos princípios do recenseamento dos afetos, já que é sobre essa matéria que Espinosa faz repousar a reflexão e oferece mais elementos.

A gênese dos afetos no prefácio

No prefácio do *Tratado teológico-político*, Espinosa analisa o comportamento dos homens perante os azares da fortuna, as circunstâncias exteriores que não lhes são favoráveis, e explica as razões que fazem que eles sejam geralmente presas da superstição, deduzindo-as a partir de um complexo de afetos que não recobrem exatamente o trio primitivo desejo/alegria/tristeza da *Ética*.

Certamente, desde o §1, está claro que é a *cupiditas* que aparecia como fundamental. Todos os afetos complexos se enraízam primeiro no desejo de um bem. Mas trata-se aqui de um desejo desmesurado por bens incertos. Os homens "desejam sem medida (*cupiant sino modo*)", nos diz Espinosa, que reitera essa asserção no §3. O termo "*cupiditas*", tomado enquanto tal, aparece pouco no *Tratado teológico-político*; ele é mais frequentemente trocado por "*libido*", "concupiscência".

A combinação desse desejo frenético com as vicissitudes da fortuna produz necessariamente um par de afetos flutuantes conforme a sorte é favorável ou desfavorável. Assim, o desejo sem medida se acompanha de esperança ou de medo conforme a fortuna pende para um lado mais do que para outro. Quando os medos são acalmados e a esperança torna-se certeza, ele é acompanhado de orgulho ou de presunção (*praefidens*) e gabolice.

Esse triunvirato, desejo sem medida, medo, orgulho, que não corresponde ao trio de afetos primitivos da *Ética*, não deixa de lembrar as três paixões fundamentais que Hobbes imputa ao homem no estado de natureza e que vão desencadear a guerra de todos contra todos. O autor do *De Cive* esboça no capítulo 6 do livro I um retrato do homem inclinado ao medo, à glória e ao desejo de buscar um bem.

Certamente, em Hobbes, é o medo que é a paixão predominante, enquanto em Espinosa é o desejo sem medida. Todavia, a diferença é menos marcante do que parece, por duas razões. De um lado, Hobbes reconhece que o desejo de buscar bens para se conservar é primeiro e constitui o fundamento do direito de natureza.

Não há nenhum de nós que não se ponha a desejar o que lhe parece bom e a evitar o que lhe parece mau, sobretudo a fugir do pior dos males da natureza, que é sem dúvida a morte. Essa inclinação não nos é menos natural do que uma pedra ir ao centro quando ela não é retida... Donde eu tirar essa consequência de que o primeiro fundamento do direito da natureza é que cada um conserve o quanto pode seus membros e sua vida (cf. Hobbes, T., *Do cidadão*, seção I, cap. 1, §7).

O medo recíproco que está na origem da sociedade civil é uma consequência desse desejo de se conservar. Ela nasce em parte da constatação de que todos os homens são iguais e dispõem de um poder equivalente de se matar uns aos outros pela força ou pela malícia, e em parte da existência de uma vontade de prejudicar ligada à arrogância de alguns que se acreditam superiores aos outros (cf. *Do cidadão*, seção I, cap. 1, 3 e 4). De outro lado, Espinosa, no prefácio do *Tratado teológico-político* (§ 5, p. 61), atribui ao medo um papel preponderante, pois faz dele a paixão "mais eficaz de todas". É ele que causa, conserva e alimenta a superstição, de modo que ele é a fonte de muitos conflitos.

Por consequência, se o *Tratado teológico-político* rompe com a classificação das paixões do *Breve tratado*, que permanece em parte obediente ao cartesianismo, ele corresponde ao que se poderia chamar de um momento hobbesiano do pensamento de Espinosa, que não aparece mais como tal na *Ética*.

O medo que, na *Ética*, é um afeto derivado da tristeza e que é deduzido em quarta posição após o amor, o ódio, a esperança,[38] aparece como afeto primitivo no *Tratado teológico-político*, pois é dele que deriva todos os outros afetos

---

[38] A "quarta posição", aqui, refere-se ao fato de o medo ser a quarta principal paixão definida após os afetos primitivos (desejo, alegria e tristeza); as três primeiras paixões principais são o amor, o ódio e a esperança. Na ordem dos afetos das "Definições dos Afetos" da Parte III da *Ética*, o medo aparece na décima terceira posição. (N. T.).

recenseados por Espinosa no prefácio. O medo enquanto gerador de superstições vai se acompanhar de afetos flutuantes segundo as circunstâncias mais ou menos favoráveis. A superstição, de fato, não pode se manter sem a esperança, o ódio, a cólera e a malícia. O medo pode assim se radicalizar em pavor ou se tingir de esperança, alimentar o ódio e a cólera contra bodes expiatórios. Ela leva os homens a buscar signos e presságios para se assegurar e conjurar a sorte. Ela os incita a se espantar diante do insólito que será logo interpretado como um prodígio que manifesta a cólera dos deuses. A admiração aparece no prefácio como um afeto preponderante. Geminada ao medo, ela joga um papel de primeiro plano no reforço da superstição e conduz ao delírio de interpretação da natureza (*Tratado teológico-político*, prefácio, § 2, p. 57). Esse estatuto decisivo atribuído à admiração no prefácio não tem equivalente na *Ética*, onde seu lugar é minorado: não somente ela não figura entre os afetos primitivos, como no *Breve tratado*, mas também ela não é mais considerada por Espinosa como um afeto.

Explorado politicamente para governar a multidão, o medo supersticioso pode pouco a pouco dar lugar a duas paixões contrárias, a devoção e o ódio, segundo os interesses dos governantes. Espinosa, seguindo de Quinto-Curso, nota que, "para governar a multidão, não há nada mais eficaz do que a superstição. Donde vem que se a incite muito facilmente, sob a cor da religião, seja a adorar seus reis como deuses, seja a os execrar e os odiar como o flagelo do gênero humano" (*Tratado teológico-político*, prefácio, § 5, p. 61).

De uma maneira geral, a gênese dos afetos no prefácio deixa pouco lugar aos sentimentos positivos e destaca o que a *Ética* apresentará como paixões tristes. Espinosa sublinha a predominância do ódio, da ambição, da inveja, da avareza sórdida. Ele relega o amor, a alegria e a boa fé ao nível de ideais cristãos que quase não são colocados em prática, visto que os homens que se gabam de os abraçar "rivalizam em iniquidade e exercem cada dia o ódio mais violento contra os outros, de sorte que se reconhece a fé de cada um por esse ódio e essa iniquidade mais do que pelos outros sentimentos" (*Tratado teológico-político*, prefácio, § 9, p. 65).

Em definitivo, os primeiros afetos emergentes no prefácio – desejo desenfreado, medo, orgulho – são diferentes dos afetos primários da *Ética*, de uma parte; e os afetos derivados – admiração, devoção e ódio – serão, pelo menos dois dentre eles, relegados ao segundo plano, de outra parte. Se o ódio é onipresente, o amor, ao contrário, é o grande ausente.

A questão é saber se as disparidades devem-se à diferença de objeto e método de apresentação ou se elas refletem uma divergência profunda e uma evolução do pensamento de Espinosa nesse tema. A gênese dos afetos no prefácio é sem dúvida mais conforme à experiência histórica e repousa sobre observações da experiência. Não é muito espantoso, com efeito, ver que o medo, o desejo sem medida e o orgulho reinam mestres sobre espíritos ignorantes agitados pela fortuna. A *Ética* não renega, aliás, essas análises plenas de realismo, mas, procedendo de maneira geométrica, ela descobre mais frequentemente os afetos por duplas de contrários e os põe em paridade, ao passo que sua frequência na realidade não é igual. A dedução *more geometrico* faz conceber afetos que não se observam muito na realidade. É o caso da hilaridade, por exemplo, que é mais fácil conceber que observar, enquanto ela implica que todas as partes do corpo são igualmente afetadas de alegria.

Se não há lugar, numa primeira abordagem, para opor as duas concepções e as considerar como incompatíveis a despeito de suas diferenças, é preciso notar contudo que o *Tratado teológico-político* se demora sobre as paixões e não menciona os afetos ativos, a exemplo do que se fará na *Ética*. Trata-se portanto de saber se, além do realismo do qual deve dar provas o filósofo em matéria de política, Espinosa considera paixões todos os afetos e se ele não admite a existência de ações no sentido técnico do termo. Nessa ótica, importa determinar a natureza do afeto no *Tratado teológico-político*.

A definição do afeto no *Tratado teológico-político*

Ainda que o conceito de afeto não seja expressamente definido nessa obra, é possível reconstituir sua significação segundo suas ocorrências. O termo aparece pela primeira vez no prefácio no §5, quando Espinosa afirma que "a superstição tira sua origem não da razão, mas somente do afeto, e do mais eficaz de todos (*non ex ratione sed solo affectu eoque efficacissimo*)" (p. 61). A palavra "afeto" toma aqui o sentido de "paixão" e parece oposta à razão. Em boa lógica, Espinosa deveria empregar "*passio*"; ora, ele utiliza aqui "*affectus*", como se todo afeto fosse passional e não pudesse ter origem racional.

Essa ocorrência do termo "afeto" empregado para designar a paixão ou toda impulsão que não nasce da razão não é um fato isolado. Espinosa faz sistematicamente uso dessa palavra cada vez que ele trata de um sentimento contrário à razão. É isso que ocorre notadamente no §15 do prefácio, quando o autor evoca "o vulgar e todos aqueles que sofrem das mesmas paixões que o vulgar (*vulgus ergo et omnes, qui cum vulgo iisdem affectibus conflictantur*)" (p. 75).

Esse uso da palavra "afeto" como sinônimo de "paixão" ultrapassa o quadro do prefácio, onde não é tão espantoso constatar que os dois termos se recobrem, visto que se trata de examinar a atitude do homem agitado pela fortuna. Ele se estende ao capítulo 5, no qual Espinosa proclama que "todos buscam de fato o que lhes é útil, mas eles o fazem não por um mandamento da razão, mas pelo só desejo sensual, e levados mais frequentemente pelas paixões da alma (*et animi affectibus abrepti*) sem ter em conta o futuro é que eles desejam as coisas e as julgam úteis" (cap. 5, § 8, p. 219). Ele se encontra em duas retomadas no capítulo 15,[39] depois no capítulo 16, onde Espinosa evoca "o que cada um julga útil para si mesmo, quer seja sob a condução da razão ou sob a impulsão dos afetos (*affectus impetu*)", e enfim no capítulo 17, onde a aparição da palavra "afeto" vem seja concluir a enumeração de uma lista de paixões (§ 2, p. 537),[40] seja contrapor-se simetricamente ao mandamento da razão.[41]

A presença da palavra "afeto" não poderia ser explicada pelo fato de que o termo "paixão" não pertence ao vocabulário de Espinosa no *Tratado teológico-político*. Com efeito, no §2 do capítulo 17 (p. 539), o substantivo "paixão" é empregado algumas linhas depois da primeira ocorrência da palavra "afeto" e algumas linhas antes da segunda, quando o define o respeito como uma "paixão composta de medo e admiração".

Embora ela sem dúvida não seja exaustiva, a lista das ocorrências do termo "afeto" permite desenhar a esfera de extensão desse conceito e o limitar aos sentimentos e impulsões passivas das quais o homem é causa parcial. Na ausência de indicações contrárias, tudo leva a crer que, no *Tratado teológico-político*, "paixão" e "afeto" são sinônimos e intercambiáveis e que o primeiro não é uma simples modalidade do segundo, mas que eles se recobrem inteiramente.

---

[39] § 8, p. 501: "Nos é fácil mostrar que são seus afetos, ou a vã glória (*vel affectibus vel vana gloria*) que lhes insuflam essa linguagem"; "Seus propósitos traduzem o preconceito de seus afetos (*affectuum praejudicio*)".

[40] § 3, p. 509: "Qualquer que seja a razão pela qual um homem decide seguir as ordens do soberano, que seja por medo da punição, pela esperança de algum proveito, por amor à pátria ou sob o impulso de qualquer outro afeto (*sive alio quocunque affectu impulsus*)..."; § 2, p. 539: "Eis por que nós podemos conceber sem contradição homens que não crêem, não amam, não odeiam, não menosprezam e não experimentam nenhum afeto (*absolute nulla non affectu*), senão em virtude apenas do direito do Estado".

[41] Cap. 17, § 4, p. 541: "Pior, aqueles que sabem a que ponto é diversa a compleição da multidão quase se desesperam dela, pois ela se governa não pela razão, mas apenas pelos afetos (*quia non ratione, sed solis affectibus gobernatur*).

Quer dizer então que a distinção capital que Espinosa introduz entre ações e paixões no curso da definição 3 da *Ética* III esteja totalmente ausente do *Tratado teológico-político* e que a afetividade, inclusive enquanto resulta de um conhecimento verdadeiro, seja sempre marcada de passividade? A existência de afetos ativos é uma inovação da *Ética* ou de fato ela já é reconhecida no *Tratado teológico-político*, ainda que Espinosa não a mencione, visto que ele trata antes de tudo dos afetos da multidão, cuja natureza passional está fora de dúvida? A questão é de monta, pois, no *Breve tratado*, a afetividade é inteiramente marcada pela passividade, inclusive enquanto resulta de um conhecimento distinto. De fato, que os afetos nasçam da opinião, da crença correta ou do conhecimento claro, eles não deixam de ser paixões. Isso se deve ao fato de que o conhecer é um puro padecer, de sorte que a verdade não é uma produção da mente, mas uma modificação do pensamento consecutiva a uma ação exercida pelo objeto inteiro.[42] Assim, o amor é apresentado como uma paixão que nasce tanto do ouvir-dizer e da opinião quanto de conceitos verdadeiros (parte II, cap. 3, §4). Deve-se então considerar que essa concepção clássica do conhecimento e da afetividade vale ainda no *Tratado teológico-político*?

O problema da existência de ações no *Tratado teológico-político*

Para evitar toda conclusão apressada, é preciso examinar a maneira pela qual são apresentados no *Tratado teológico-político* os sentimentos que a *Ética* qualifica de afetos ativos. Na proposição 59 da Parte III, os afetos ativos que se relacionam à mente enquanto ela compreende estão agrupados sob a

---

[42] Cf. *Breve tratado*, parte II, cap. 15, §4: "Para melhor conceber isso, é preciso observar que o conhecer (ainda que a palavra tenha um outro som) é um puro *padecer*, isto é, que nossa alma é modificada de tal maneira que ela recebe nela outros modos de pensar que anteriormente ela não tinha".

categoria da *fortitudo*, de força da alma, a qual é subdividida em firmeza (*animositas*) e generosidade (*generositas*). A firmeza é a ação que visa à conservação e ao bem do agente; ela engloba notadamente a frugalidade, a sobriedade e a presença de espírito. A generosidade concerne à conservação e ao bem-estar do outro; ela compreende notadamente a modéstia, a clemência.

Ora, é preciso constatar que, no *Tratado teológico-político*, os conceitos de *fortitudo*, de *animositas* e de *generositas* não aparecem muito. Entre as disposições virtuosas, são sobretudo a justiça e a caridade que ocupam o centro da cena e que são apresentadas como o fruto dos homens vivendo seja sob o mandamento da religião, seja sob a condução da razão. Ora, nem a justiça, nem caridade são apresentadas como afetos. Se o conceito de Justiça aparece na *Ética* IV, principalmente no escólio 2 da proposição 37, por outro lado a caridade (*caritas*) não aparece. Certamente, a caridade, enquanto implica a obediência à regra do amor ao próximo, possui antes de tudo raízes religiosas, mas isso não basta para explicar sua ausência na *Ética*. A piedade e a misericórdia são de fato mencionadas[43] graças a uma redefinição. Por que não ocorre o mesmo com a caridade, que, não fazendo parte dos afetos ativos, poderia figurar entre as paixões boas? Conviria portanto interrogar-se sobre essa especificidade do *Tratado teológico-político* que faz da justiça e da caridade o núcleo da salvação, a tal ponto que a figura do justo parece se sobressair em relação à do sábio. Assim, enquanto a *Ética* se encerra na distinção entre o sábio e o ignorante, o último capítulo

---

[43] A misericórdia é assimilada, no curso da definição 24 da *Ética* III, ao "amor enquanto afeta um homem de tal sorte que se contenta com a alegria do outro e, ao contrário, entristece-se com a tristeza do outro"; a piedade (*pietas*) é apresentada na *E* IV, pro. 37, esc.1, como o "desejo de fazer o bem que é engendrado em nós pelo fato de que vivermos sob a condução da razão".

do *Tratado teológico-político*[44] opõe os homens honestos e de caráter livre aos maus e aos celerados.

Se o caso dos afetos ativos classificados na *Ética* sob a categoria de *fortitudo* não é muito probante na medida em que é sem equivalente no *Tratado teológico-político*, o do amor de Deus, em troca, é suscetível de ser mais esclarecedor, porque ele figura nas duas obras.

Nos parágrafos 3 a 6 do capítulo 4 do *Tratado*, com efeito, Espinosa faz alusão ao amor de Deus que, na *Ética*, pode alternadamente ser uma paixão quando ele toma a forma de uma representação imaginária ou supersticiosa e de uma devoção que confina na idolatria, ou ao contrário uma ação que toma o nome de *amor erga Deum* (*EV*, prop. 15) ou *amor Dei intellectualis* (*EV*, prop. 32, corol.), conforme resulte do conhecimento do segundo gênero ou do terceiro gênero. No *Tratado teológico-político*, Espinosa distingue igualmente o amor de Deus que nasce da imaginação daquele que está ligado ao verdadeiro conhecimento e constitui o soberano bem. No entanto, se ele admite que "o conhecimento e o amor de Deus é o fim último para o qual devem tender todas as nossas ações" (cap. 5), ele não apresenta jamais o *amor Dei* como um afeto ativo. É preciso ademais notar que o conceito de amor de Deus não é de modo algum subdividido em duas categorias conforme ele nasça da razão ou da ciência intuitiva. Nem as expressões "*amor erga Deum*" e "*amor Dei intellectualis*" aparecem. Só aparece o "*amor Dei*" sem que seja jamais o caso da distinção entre paixão e ação, de uma parte, e das diversas modalidades racionais ou intuitivas da ação, de outra parte. No capítulo 4, o soberano bem e a beatitude se definem sempre pelo conhecimento e o amor de Deus,[45] sem

---

[44] §11, p. 645: "As leis que se instituem sobre as opiniões concernem não aos celerados mas aos homens de caráter livre; elas servem não para reprimir os maus, mas antes para irritar os justos (*honestos*)".

[45] §3: "... o soberano bem, isto é, o *verdadeiro conhecimento e amor de Deus...*"; §4: "É portanto nisso, o amor e o conhecimento de Deus, que repousa nosso soberano bem e nossa beatitude"; § 5: "*O conhecimento e o amor de Deus* é o fim último". Grifos nossos.

que esse dois componentes sejam condensados sob a expressão "*amor intelectual de Deus*".

Nessas condições, é possível se perguntar se o silêncio de Espinosa a esse respeito deve-se a uma omissão deliberada ou se a distinção entre afetos ativos e passivos constitui uma inovação própria da *Ética*. É forçoso constatar que em sua formulação a concepção espinosista do *Tratado teológico-político* resta próxima da do *Breve tratado*, no qual os afetos são todos considerados paixões, qualquer que seja sua origem cognitiva. Nessa obra, com efeito, a salvação e a beatitude consistem igualmente no conhecimento e amor de Deus,[46] sem que entre em questão o conceito de amor intelectual de Deus. O exame desse único caso particular do amor de Deus não permite entretanto tirar conclusões gerais. Eis por que é necessário verificar se o mesmo fenômeno se reproduz para outros tipos de afetos.

O parágrafo 20 do capítulo 5 do *Tratado teológico-político* pode servir de teste decisivo a esse respeito, na medida em que Espinosa conclui seu propósito recenseando um certo número de disposições da mente, próprias para proporcionar a beatitude, que poderiam se aparentar aos afetos ativos da *Ética*. "Ninguém pode ser conhecido senão por suas obras (*operibus*). Aquele, portanto, que tiver manifestado com abundância os frutos que são a caridade, a alegria (*gaudium*), a paz, a paciência, a benevolência, a bondade, a boa-fé, a doçura e o controle de si, contra o que (como diz Paulo na *Epístola aos Gálatas* 5:22) não há lei, aquele a quem apenas a razão instrui, ou apenas a escritura, é verdadeiramente instruído por Deus e bem-aventurado".

Esse texto apresenta um interesse considerável para o nosso propósito, por duas razões. De um lado, ele enumera disposições e afetos que recobrem a distinção operada na *Ética* entre ações e paixões, pois elas derivam tanto da razão quanto da Escritura, isto

---

[46] Cf. *Breve tratado*, parte II, cap. 26, §2: "Antes que nós possamos chegar *ao conhecimento e consequentemente ao amor de Deus*"; §3: "Da força *do conhecimento e do amor de divino...*"; § 5: "*... sem que estejamos providos do conhecimento e do amor de Deus...*". Grifos nossos.

é, de uma instância que, para Espinosa, faz apelo a um conhecimento imaginativo. De outro lado, um certo número dos afetos mencionados, como o *gaudium*, a boa fé (*fide*), encontram-se na *Ética*[47] e são considerados como afetos ativos quando eles nascem da razão e a mente é a causa a adequada deles.

É preciso então notar que, no parágrafo 20, os afetos que seriam suscetíveis de ser paixões ou ações, conforme o homem é instruído só pela Escritura ou apenas pela razão, não são apresentados como tais. Eles não são assimilados a obras ou frutos. Espinosa não retoma a distinção entre ação e paixão conforme as disposições são próprias ao homem instruído somente pela razão ou pela Escritura somente, mas ele os engloba sob a categoria única de obra. O conceito de obra transcende portanto a distinção entre ação e paixão e não pode ser entendido como o estrito equivalente de uma produção que deriva de uma causalidade adequada, pois ele recobre igualmente os frutos da obediência à regra do amor ao próximo ditada pela Escritura.

Esse conceito é na realidade, como Espinosa indica, emprestado de Paulo, que na *Epístola aos Gálatas* mostra que as obras são o fruto do Espírito Santo. Espinosa, aliás, refere-se mais longamente ao apóstolo no capítulo 15: "Com efeito, segue com toda evidência que o Espírito Santo só testemunha as obras boas (*bonnis operibus*). Eis por que Paulo, na *Epístola aos Gálatas* (5:22), chama-os também de frutos do Espírito Santo. E o próprio Espírito Santo não é nada mais, em realidade, do que a paz da alma que as ações boas (*bonis actionibus*) fazem nascer no espírito" (*Tratado teológico-político*, cap. 15, §8, p. 501).

Esse texto é interessante a mais de um título. Primeiramente, ele confirma o fato de que o termo "*obras*" possui um sentido mais largo que o termo "*ações*", pois Espinosa, tomando o cuidado de precisar que o Espírito Santo só testemunha obras boas, deixa entender que existem obras más.

---

[47] *Gaudium*; cf. *E* III, *Definição dos afetos* 16; *E* V, prop. 42; *fide*: *E* IV, prop. 72: "o homem livre age sempre de boa fé (*cum fide*)".

Por conseguinte, o conceito de obras engloba tanto os frutos da razão quanto os das paixões alegres e tristes. Em segundo lugar, ele põe em relação o conceito de obra, ao qual se reduziam os afetos enumerados no parágrafo 20 do capítulo 5, e o de ação boa. Ele poderia portanto fazer crer na ideia de que, no *Tratado teológico-político*, Espinosa efetuava já uma distinção entre ações e paixões. Toda a questão é saber se o termo "ações" reveste exatamente, aqui, a significação que lhe é assinalada na definição 3 da *Ética* III.

Nada permite afirmá-lo; alguns indícios levam mesmo a crer no contrário. De fato, uma vez mais, falar de ações boas subentende que algumas não o são. Ora, os afetos que são ações, na *Ética*, não podem ser maus. Nascidos da razão, eles são sempre úteis e exprimem a conveniência de natureza dos homens (*E* IV, prop. 35). Ademais, a correlação dessas ações boas aos frutos do Espírito Santo impede compreendê-las unicamente como emanações de uma causalidade adequada, pois elas podem tanto derivar de uma mandamento da razão quanto da obediência à Escritura.

Do exame desses afetos apresentados como obras ligadas ao exercício tanto da razão quanto da fé, não é portanto possível concluir em favor da existência de ações no sentido técnico do termo. Significa que seja preciso considerar que Espinosa não dispunha desse aparato conceitual e que ele o forjou ulteriormente?

Se é difícil destrinçar essa questão na medida em que ela implica interpretar um silêncio, não é mais possível no caso presente invocar o fato de que as duas obras não visam ao mesmo objetivo e que não é necessário ao *Tratado teológico-político* entrar no detalhe da análise dos diferentes tipos de afetos, já que Espinosa, no parágrafo 20 do capítulo 5, opera precisamente uma distinção entre as obras que derivam de um ensinamento da razão e as obras que derivam de um ensinamento da Escritura que recorta aquela que a *Ética* estabelece entre ação e paixão. É então espantoso ver que ele não menciona essa distinção simples, ao passo que ela se impõe na letra do texto.

É preciso notar a esse respeito que o *Tratado político*, que tampouco tem por objeto elaborar uma ciência dos afetos e que se restringe à retomada dos conhecimentos úteis à compreensão da origem e da natureza do Estado, utiliza essa distinção entre ação e paixão. Espinosa, assim, toma cuidado de assinalar que "os desejos que não provêm da razão são antes paixões que ações humanas".[48]

Tudo leva então a crer que, no *Tratado teológico-político*, Espinosa não elaborara ainda a distinção entre afetos ativos e passivos e que a *Ética* inaugurará uma nova concepção da afetividade e de suas relações com a razão.

Razão e apetite no *Tratado teológico-político* e na *Ética*

Essa hipótese é apoiada pelo fato de que no *Tratado teológico-político* o apetite e o desejo são sistematicamente opostos à razão. Eles recobrem somente os esforços passionais e obedecem a leis que entram a maior parte do tempo em conflito com as da razão. É o que resulta do capítulo 16, onde os impulsos do apetite são opostos às leis da só razão. "Sob o império da só natureza, aquele que ignora ainda a razão, ou que não tem a prática habitual da virtude, vive sob as leis do apetite com o mesmo direito soberano que aquele que dirige sua vida segundo as leis da razão" (§2, p. 507). Essa oposição entre as leis do apetite e as da razão é recorrente;[49] ela atravessa todo o capítulo 16, e ressurge no capítulo 19: "Nós mostramos no

---

[48] *Tratado político*, cap. 2, art. 5: "Os desejos que não provêm da razão são antes paixões do que ações humanas".

[49] *Tratado teológico-político*, cap. 16, §5, p. 511: "Para viver em segurança e o melhor possível, eles [os homens] necessariamente se acordaram mutuamente e [...], para chegar a isso, eles fizeram de modo que o direito que cada um tinha por natureza sobre todas as coisas fosse exercido coletivamente, e não fosse mais determinado pela força e o apetite de cada um, mas pela potência e a vontade de todos juntos. Eles o teriam tentado em vão, entretanto, se eles tivessem querido seguir os conselhos do apetite, pois as leis do apetite colocam cada qual em lados opostos; eles estipularam e prometeram muito firmemente dirigir tudo segundo

capítulo 16 que, no estado de natureza, a razão não tem mais direito que o apetite e que aqueles que nela vivem segundo as leis do apetite, tanto quanto aqueles que vivem segundo as leis da razão, detêm um direito sobre todas as coisas que eles podem alcançar" (§4, 607). Ela é redobrada por aquela da razão e do desejo no parágrafo 3 do capítulo 16: "O direito natural de cada homem não é determinado pela sã razão, mas pelo desejo e pela potência (*non sana ratione, sed cupiditate et potentia determinatur*)" (§4, 607).

Essa oposição é tão radical que parece tomar a forma de uma antinomia entre dois regimes de vida incompatíveis naturalmente. É o que coloca em evidência uma curiosa passagem do capítulo 16 (§3, 507):

> Todos não são naturalmente determinados a agir segundo as leis e regras da razão: bem ao contrário, todos nascem ignorantes de tudo. Antes que eles possam conhecer as regras de vida e adquirir a prática habitual da virtude, uma grande parte de sua vida já se passou, mesmo se eles foram bem educados. Durante esse tempo, no entanto, eles tiveram de viver e de se conservar o quanto puderam, isto é, sob o só impulso do apetite, pois a natureza não lhes deu nada mais e lhes recusou a potência atual de viver segundo a sã razão; em virtude do que eles não são obrigados a viver segundo as leis de um pensamento são mais do que o gato de viver segundo as leis da natureza do leão.[50]

O homem parece portanto constituído por duas instâncias – o apetite, de uma parte, a razão, de outra – cuja unidade é problemática. Ele está submetido a dois sistemas de leis

---

o só mandamento da razão...". Cf. cap. 16, §19, p. 527: "Todo homem que não faz uso da razão vive sob as leis do apetite".

[50] É preciso notar aqui que não apenas a *cupiditas*, mas igualmente a *potentia* é oposta a razão. Isso prova que a distinção sistemática entre a *potestas* entendida como má potência, poder passional arbitrário e despótico, e a *potentia*, a potência verdadeira, não é pertinente, pois aqui a *potentia* é oposta à sã razão.

naturais: as leis naturais do apetite, as leis naturais da razão, e ele vê alternar e triunfar um ou outro desses sistemas, à proporção de sua ignorância ou de sua educação. Essa dualidade de leis introduz uma dualidade de natureza e põe o problema da passagem da vida passional a um modo de vida racional. A mudança de regime parece com efeito impossível, como sugere a analogia da metamorfose do gato em leão. Quem quer que viva sob as leis do apetite não é obrigado a viver sob as leis do pensamento são, mais do que o gato a viver segundo as leis da natureza do leão, nos diz Espinosa. Mudar de regime e passar do apetite à razão não será então mudar de natureza, e de gato tornar-se leão? Tarefa impossível, se for isso!

Significa dizer que haja duas naturezas – uma apetitiva, outra racional – e que a essência do homem seja marcada por essa dualidade? Espinosa não chega a tanto, mas sua comparação é mesmo assim muito curiosa, porque ela dá a entender que a diferença entre o insensato e o homem racional é menos uma diferença de grau que de natureza e que um vão quase intransponível os separa. É preciso notar aliás que, em uma passagem análoga do *Tratado político*, Espinosa não retomará essa comparação problemática do insensato e do sábio com o gato e o leão, mas preferirá aquela da doença e da boa saúde, que não implica uma diferença de natureza. "O ignorante e o simples de espírito não são mais obrigados, pelo direito natural, a estabelecer a sabedoria em sua vida do que o doente a ter um corpo são" (cf. *Tratado político*, cap. 2, §18).

Resta ainda o fato de que, no *Tratado teológico-político*, a razão e os afetos permanecem em uma relação de exterioridade, como se não pudesse haver aí um apetite de razão, ou uma razão apetitiva. Nem o apetite nem o desejo são racionais nessa obra, de sorte que não é muito espantoso que os afetos não possam ser concebidos como ativos, e que a distinção entre ação e paixão não figure aí.

A *Ética* rompe com uma tal concepção dual da natureza humana e dissipa todo traço de clivagem, promovendo uma razão apetitiva e um apetite racional. O conceito de apetite, tal como ele é definido na Parte III, não reveste nem a mesma significação nem a mesma extensão que no *Tratado teológico-político*. Que ele tome a forma do desejo consciente ou não, ele exprime a essência atual do homem e não é nada outro que o esforço para perseverar no ser enquanto é relacionado ao corpo e à mente (*E* III, prop. 19, esc.). Na *Ética*, o apetite pode ser racional ou passional, segundo ele seja determinado por uma causa adequada ou inadequada. Ele envolve então todos os esforços, qualquer que seja sua natureza.

A *Ética* oferece assim uma visão mais unificada do homem, o qual não é dotado senão de uma única natureza apetitiva que se declina seja sob um modo passivo, seja sob um modo ativo. Espinosa insiste sobre esse fato no escólio da proposição 4 da *Ética* V:

> [...] é por um só e mesmo apetite que o homem é dito tanto agir quanto padecer. Por exemplo, quando mostramos que a natureza humana foi de tal modo disposta que cada um aspire a que os outros vivam conforme o seu próprio temperamento (ver esc. 1 da prop. 37 da Parte IV e a 2ª. dem. dessa mesma prop.), esse apetite, no homem que não é conduzido pela razão, é certamente uma paixão, que se chama ambição, e não é muito diferente do orgulho; e, ao contrário, no homem que vive sob o ditame da razão é uma ação ou virtude que se chama piedade.

Na *Ética*, consequentemente, Espinosa subverte os dados antropológicos, pois ele cessa de pôr a razão e o apetite em um face a face hostil. Englobando as ações e as paixões, assim como todas as regras e leis da natureza humana, apenas sob o conceito de apetite, ele põe um termo no dualismo subjacente no *Tratado teológico-político*.

A *Ética* não somente transforma as relações entre razão e apetite fazendo da primeira uma modalidade do segundo, mas também desenvolve uma concepção dos afetos e do conhecimento mais dinâmica que anteriormente. A razão torna-se essa potência ativa capaz de engendrar afetos que coíbem as paixões tristes. Enquanto no *Breve tratado* o conhecer é um puro padecer, na *Ética* ele se torna um puro agir. O conhecimento muda então de estatuto, porque Espinosa cessa de pensar o entendimento e suas ideias como passivas. No *Tratado teológico-político*, esse movimento é começado, mas não é acabado. A razão, com efeito, não dispõe de uma potência tão ativa quanto na *Ética*, pois ela aparece antes de tudo como uma instância enunciadora das leis que se chocam com os apetites humanos. Certamente, nesta obra, Espinosa atribui à razão o poder de formar ideias e reconhece portanto implicitamente seu aspecto ativo. Essa tese, no entanto, está já presente nos adeptos de um entendimento passivo, notadamente em Descartes, onde o espírito deve formar ideias inatas.

Na *Ética*, Espinosa rompe claramente com o pensamento escolástico para conceber as ideias de maneira ativa e dinâmica. A definição da ideia como "conceito da mente, que a mente forma por ser uma coisa pensante" (*E* II, def. 3), traz aliás traços disso, pois Espinosa toma o cuidado de precisar, no curso da explicação: "Digo conceito antes que percepção, porque o nome 'percepção' parece indicar que a mente padece de um objeto. Ao passo que conceito parece exprimir uma ação da mente".

A razão não se caracteriza mais, portanto, por essa receptividade outrora garantia da verdade, mas por sua capacidade de produzir efeitos e afetos, de formar noções comuns e ideias adequadas fontes de alegria ativa. Desse ponto de vista, o *Tratado teológico-político* desempenha um papel gestatório, pois se ele não apresenta mais o conhecimento como um puro padecer, ao contrário do *Breve tratado*, ele tampouco o define como uma ação. Sem ser reduzidos a pinturas mudas, as ideias permanecem ainda tocadas por uma certa inércia, ao passo que na *Ética* elas envolvem uma força de afirmação tanto maior quanto mais elas são adequadas.

Essa diferença liga-se sem dúvida à concepção do *conatus*, que não é exatamente a mesma nos duas obras. No *Tratado teológico-político*, "a lei suprema da natureza é que cada coisa se esforce o quanto pode para perseverar em seu estado (*suo statu*)" (cap. 16, §2, p. 507). Da mesma maneira, o direito civil privado é assimilado à "liberdade que cada um tem de se conservar em seu estado (*in suo statu conservandum*)" (*Tratado teológico-político*, cap. 16, §13, p. 523). A lei suprema da natureza corresponde em realidade à primeira lei cartesiana formulada na parte II dos *Princípios da filosofia*, segundo a qual "cada coisa permanece no estado em que está, enquanto nada a mude",[51] e se resume ao princípio de inércia e à conservação da mesma quantidade de movimento. A formulação espinosista do *conatus* no *Tratado teológico-político* é portanto uma retomada de um enunciado cartesiano,[52] que foi demonstrado novamente no curso da proposição 14 da parte II dos *Princípios da filosofia de Descartes*: "Cada coisa, enquanto é simples e indivisível, e considerada somente em si mesma, persevera o quanto pode no mesmo estado".

Na *Ética*, em troca, o *conatus* não é apresentado como simples esforço para perseverar em seu estado, mas como esforço para perseverar em seu ser (*in suo esse*).[53] O esforço para perseverar no ser implica alguma coisa mais que a conservação do mesmo estado, pois ele não se resume nem a uma simples resistência nem à reprodução dos efeitos existentes, mas consiste em exprimir toda a potência da

---

[51] DESCARTES, *Princípios da filosofia*, II, 37. O texto latino é ainda mais próximo da formulação espinosista: "*Prima lex naturae: quod unaquaeque res, quantum in se est, sempre in suo statu perseveret; sicque quod semel movetur, semper moveri pergat*".

[52] DESCARTES, *Princípios da filosofia*, II, 37: "Cada coisa em particular continua a ser no mesmo estado o quanto ela pode".

[53] *E* III, prop. 6: "Cada coisa, o quanto pode, esforça-se em perseverar em seu ser".

coisa e em afirmar o quanto possível todas as propriedades contidas em sua essência.

Acentuando o aspecto dinâmico da potência de agir, promovendo uma razão ativa e afetiva, a *Ética* dá toda sua amplitude à teoria dos afetos e não a limita mais à esfera da paixão. A Parte III abre assim um campo de investigação privilegiado, pois ela permite tomar toda a medida da natureza do homem e da união psicofísica, através do jogo indefinido de suas ações e de suas paixões.

De uma maneira mais geral, a evolução do pensamento espinosista após a *Ética* confirma essa orientação do sistema rumo a uma concepção mais e mais dinâmica da potência de agir. Certamente, essa impressão deve-se em grande parte ao ângulo de análise diferente. A perspectiva adotada no *Tratado político* permite antes observar a potência de agir em ato em suas condições reais, em que as emoções são intrincadas e produzem efeitos complexos, enquanto a teoria desenvolvida na Parte III da *Ética* busca extrair os princípios fundamentais que entram na composição e constituição dos afetos e os mecanismos miméticos a partir dos quais se combinam a gama de ações e paixões. Ora, a tríade primária do desejo, da alegria e da tristeza não existe jamais de maneira isolada em estado bruto, mas é sempre tomada em um nó afetivo complexo que flutua em função das situações. Em virtude de seu método resolutivo compositivo, a *Ética* exibe os elementos mais simples e constrói uma geometria dos afetos que não dá toda a medida de sua potência afetiva no seio das sociedades humanas, em função de seu modo de organização e de seus tipos de regimes políticos. Mas esse não é seu objeto, de maneira que pode parecer vão tirar conclusões a respeito de uma evolução do sistema.

A diferença de abordagem entre a *Ética* e o *Tratado político*, todavia, não deve mascarar uma ascensão em potência da dimensão ativa na filosofia de Espinosa. A esse respeito, a passagem de um modelo geométrico de tratamento dos afetos na *Ética* a um modelo físico no *Tratado político* é sem dúvida o índice de uma concepção mais dinâmica da potência. Às linhas, superfícies e corpos, que serviam de paradigma no prefácio da *Ética* III, Espinosa substitui o mau tempo, a tempestade e outros fenômenos atmosféricos[54] e adota para isso o vocabulário clássico que evoca o movimento, a emoção da alma, já que ele designa as paixões pelos termos *animi commotiones* (§4). Longe de ser um retorno a Descartes, essa formulação testemunha, ao que parece, a profunda transformação do mecanismo geométrico em dinamismo da potência que se opera no curso da obra de Espinosa.

O *Tratado político*, todavia, não renuncia às análises anteriores, porque ele retoma em suas grandes linhas a teoria desenvolvida na *Ética* e se refere a ela expressamente (*Tratado político*, cap. 1, §5; cap. 2, §1). Nesse sentido, ele constitui um campo de aplicação e de experimentação da teoria dos afetos elaborada na Parte III e se ancora nesse alicerce fundamental que convém agora explicitar.

---

[54] Cf. *Tratado político*, 1, §4: "Assim, eu considero as paixões humanas – por exemplo, o amor, o ódio, a cólera, a inveja, a glória, a misericórdia, e o resto dos movimentos da alma – não como vícios da natureza humana, mas como propriedades que lhe pertencem, da mesma forma que o calor, o frio, o mau tempo, a tempestade, e outros fenômenos do mesmo gênero pertencem à natureza da atmosfera".

A definição do
afeto na *Ética* III

A mudança terminológica
e o problema de tradução

O caráter inovador da teoria espinosista se manifesta primeiro ao nível do vocabulário, pela substituição das palavras "*emotio*" ou "*passio*" por "*affectus*" para designar os movimentos afetivos do homem. Em Espinosa, não é mais o conceito de emoção que é central, mas o de afeto. Essa mudança terminológica, contudo, não deve ser compreendida nem como uma inovação total, nem como uma recusa radical. De um lado, o termo "*affectus*" figura já em Descartes e designa a paixão ou a emoção em sua dupla dimensão psicofisiológica. É o que se depreende do texto latino dos *Princípios da Filosofia*, notadamente do parágrafo 190, no qual Descartes trata dos afetos da alma (*animi affectibus*), bem como dos apetites naturais, e assimila, numa primeira vez, emoção, paixão e afeto[55] e depois, mais uma vez, afeto e paixão.[56] De outro lado, o conceito de emoção, embora raro, está presente em Espinosa e é sinônimo do de afeto. Assim,

---

[55] *Principiorum philosophiae*, pars quarta, CXC, AT, VIII, p. 316, §24-25: "*...in quo consistent omens animi commotions, sive pathemata, et affectus.*"

[56] p. 317, §24: "*...quatenuns sunt tantum, affectus, sive animi pathemata.*"

na parte IV da *Ética*, é dito que "o verdadeiro conhecimento do bem e do mal excita emoções da alma" (*animi commotiones*) (*E* IV, prop. 17, esc.). Ora, visto que o verdadeiro conhecimento do bem e do mal é definido como um afeto,[57] é claro que os dois termos remetem um ao outro e se recobrem. O próprio Espinosa corrobora essa conclusão assimilando várias vezes os afetos às emoções, na proposição 2 da *Ética*V, onde se refere a "uma emoção da alma ou um afeto" (*animi commotionem, seu affectum*); no escólio da proposição 20 da *Ética*V, onde sustenta que "os afetos são fortes [...] quando comparamos entre si os afetos de um só e mesmo homem e o encontramos mais afetado ou comovido (*affici sive moveri*) por um do que pelo outro"; no *Tratado político*, capítulo I, parágrafo 4, onde ele afirma ter "considerado os afetos humanos (*humanos affectus*) como o amor, o ódio, a cólera, o ciúme, a glória, a misericórdia e o resto das emoções da alma (*animi commotiones*) – não como vícios da natureza humana, mas como propriedades que lhe pertencem a mesmo título que o calor, o frio...".

Se não há lugar para opor o *affectus* à *commotio*, o uso massivo do primeiro termo mais do que do segundo visa a atrair a atenção sobre o caráter original da definição espinosista. Embora não tenha forjado a palavra, Espinosa a enriquece de uma significação original. Tradicionalmente, com efeito, "*adfectus*" designava entre os filósofos antes de tudo uma disposição, um estado da alma, notadamente em Cícero nas *Tusculanas*.[58] A palavra era tomada como sinônimo de "sentimento"[59] ou de "paixão". Ademais, era também empregada em medicina para designar uma disposição do corpo, uma afecção, uma doença.

---

[57] *E* IV, prop. 8: "O conhecimento do bem e do mal não é nada outro que o afeto de alegria e de tristeza enquanto deles somos conscientes".

[58] Livro V, 47: "Ora, o estado (*adfectus*) da alma em um homem de bem é louvável."

[59] É o caso por exemplo em Ovídio, *Métamorphoses*, Livro VIII, §473. "Ela erra entre dois sentimentos" (*dubiis affetibus errat*).

Espinosa retoma as duas acepções do termo sob a unidade de um conceito que compreende ao mesmo tempo uma afecção corporal e uma modificação mental. O afeto concerne, portanto, primeiramente ao corpo enquanto pode ser modificado em virtude de sua natureza e da de suas partes. Sua condição de possibilidade reside na existência de um modo finito da extensão cuja natureza assaz composta o torna apto a ser disposto de um grande número de maneiras tanto no nível das suas partes quanto na totalidade.[60] O afeto se funda, portanto, sobre uma física do corpo humano concebido como indivíduo complexo.

É preciso notar, porém, que ele não é exclusivo do homem, pois pode aplicar-se a indivíduos muito compostos como os animais ou o corpo político. Embora sua natureza difira da natureza humana, os animais estão sujeitos aos afetos e notadamente ao desejo de procriar.[61] Da mesma maneira, o corpo político é presa de afetos como o medo, a esperança, o desejo de vingança ou a ambição.[62] Sua potência é determinada pela potência comum da multidão "que é conduzida como por uma só mente" (*Tratado político*, cap. III, §2). Ora, "se a multidão se acorda naturalmente e aceita ser conduzida como por uma só mente, ela não o faz sob a condução da razão, mas de algum afeto comum (*ex communi aliquo affectu*): esperança, medo, ou

---

[60] É o que se depreende notadamente da *E* II, prop. 13, postulados 1 e 3: "O Corpo humano é composto de muitíssimos indivíduos (de natureza diversa), cada um dos quais é assaz composto.""Os indivíduos componentes do Corpo humano e, consequentemente, o próprio Corpo humano, são afetados pelos corpos externos de múltiplas maneiras."

[61] *E* III, prop. 47, esc.: "Daí segue que os afetos dos animais (*affectus animalium*) que são ditos irracionais (com efeito, depois de termos conhecido a origem da Mente, não podemos duvidar de modo algum que os bichos sentem) diferem dos afetos dos homens tanto quanto sua natureza difere da natureza humana. Certamente o cavalo e o homem são arrastados pelo desejo de procriar, mas aquele o é pelo desejo equina, este pelo humano".

[62] É o que se depreende, por exemplo, do §14 do cap. 3 do *Tratado político*, onde Espinosa analisa as causas das alianças entre os corpos políticos e das suas rupturas, como o medo de um prejuízo ou a esperança de um lucro.

desejo de vingar-se de um prejuízo sofrido em comum" (*Tratado político*, cap.VI, §1). Segue-se que a potência do corpo político se define antes de tudo por afetos passionais. O conceito se aplica, por conseguinte, tanto ao Estado quanto ao homem, ou aos seres vivos complexos.

O afeto implica, por outro lado, que a mente, por ser coisa pensante, forma um conceito das afecções de seu corpo. Pouco importa aqui que a ideia seja adequada ou não. O afeto visado na sua realidade mental engloba tanto as ideias confusas quanto as ideias adequadas. Ele não é imediatamente assimilado a uma ideia confusa, como será o caso na definição geral dos afetos, em que se trata exclusivamente das paixões. A ideia de que se trata aqui é um modo do pensar em geral, adequado quando o afeto é uma ação, e inadequado quando é uma paixão. O afeto é uma realidade psicofísica. Compreender os afetos é portanto analisar simultaneamente o homem enquanto modo do atributo pensamento e enquanto modo do atributo extensão. Enquanto une uma afecção corporal e uma afecção mental que modificam a potência de agir, o conceito de "*affectus*" em Espinosa possui então uma significação que não recobre exatamente as acepções tradicionais do termo "paixão".

Daí resulta uma dificuldade de tradução, pois os termos franceses "paixão" e "sentimento" geralmente empregados para transcrever o latim "*affectus*" não são convenientes. O termo "paixão" é inadequado, ao menos na *Ética*, pois existem afetos ativos,[63] como atesta o próprio Espinosa. Ele pode legitimar-se eventualmente quando se trata unicamente de afetos passivos. Ademais, é por isso que, no *Tratado político*, Pierre-François Moreau traduz "*affectus*" por paixão, fazendo observar que, no conjunto desta obra, "nunca estão em questão

---

[63] É notadamente o que Bernard Pautrat faz observar na sua tradução da *Ética* (1988, p. 9): "Além de que o termo "paixão" deve ser reservado para *passio*, que intervém várias vezes, é querer esquecer que não é todo *affectus* que é paixão."

afecções ativas".[64] Todavia, mesmo neste caso a tradução de "*affectus*" por "paixão" é discutível. Com efeito, por um lado, daí resulta um desperdício de sentido, pois o laço etimológico que une os substantivos "*affectus*", "*affectio*" e os prende ao verbo "*afficere*" não mais aparece claramente. Por outro lado, a possibilidade de passar de um afeto passivo a um afeto ativo graças à formação de uma ideia clara e distinta (*EV*, III) parece menos evidente, ao passo que o emprego da mesma palavra "*affectus*" sublinha privilegiadamente tal possibilidade.

O termo "sentimento" escolhido por Roland Caillois em "La Pléiade", e retomado notadamente por Ferdinand Alquié, é menos inapropriado que o de "paixão". Contudo, ele também é assolado de uma conotação de passividade ou de receptividade que não permite restituir o caráter por vezes ativo do "*affectus*". Além disso, ele não põe suficiente acento sobre a afecção corporal implicada pelo "*affectus*", pois qualifica privilegiadamente uma disposição da alma, remete a suas efusões e permanece portanto marcado por uma certa subjetividade pouco compatível com a vontade espinosista de tratar a vida afetiva à maneira geométrica.[65] O próprio Caillois reconhece que a palavra "sentimento" tem uma nuance subjetiva que "*affectus*" não tem.[66]

---

[64] Notas de tradução I, 1, p. 187, *Traité politique*. Paris: Ed. Réplique, 1979.

[65] É o que também sublinha Bernard Pautrat na sua tradução da *Ética*, 1988, p. 9: "a incansável repetição deste 'sentimento' acaba por instalar um ambiente de névoa, ao passo que se trataria, mais do que em qualquer outra parte, de dar ao objeto *affectus* toda a solidez do objeto matemático, para tratá-lo como linhas, planos e corpos. E de resto, se fosse mesmo 'sentimento' o que o autor tinha querido dizer, têm-se razões de pensar que ele teria escolhido outra palavra latina, e talvez '*sensus*', que se traduz classicamente por 'sentimento'. Mas, enfim, se teria mais uma vez assumido o risco de se afogar na efusão à qual convida a palavra francesa 'sentimento', se se tivesse verificado impossível fazer de outra maneira".

[66] Cf. SPINOZA, *Oeuvres complètes*, n. 3 da p. 411, Paris, Gallimard, "La Pléiade", p. 1432.

Eis por que, hoje, os tradutores e os comentadores estão geralmente de acordo em traduzir o latim *"affectus"* pelo termo "afeto"[67] e criticam unanimemente a tradução de Charles Appuhn que toma o partido de designar duas coisas diferentes, o *"affectus"* e a *"affectio"*, pelo mesmo termo "afecção", introduzindo a contragosto uma grande confusão. Cumpre reconhecer, em sua defesa, que não é sem reticência que Appuhn se resolve por essa escolha, afastando a solução tomada hoje, para evitar um neologismo: "Se a palavra (francesa) *'affect'* ou *'affet'* (em alemão *'Affect'*), de formação análoga a *'effet'*, tivesse existido no vocabulário, muitas hesitações me teriam sido poupadas, mas eu não podia assumir a responsabilidade de criá-la".[68]

É verdade que a palavra *"affect"* (afeto) apresenta o inconveniente de ser anacrônica, pois só aparece na língua francesa em 1951 e concerne ao vocabulário da psicanálise. Antes disso, não existe como substantivo. Conforme o *Dictionnaire du français classique*, é possível encontrar, a partir do século XIV, traços do verbo *"affecter"* derivado do latim *"affectare"*, que significa desejar, buscar vivamente, amar ou adotar uma maneira de ser sincera ou fingida, e depois ocorrências no século XV do verbo *"affecter"* derivado do latim *"affectus"* e do verbo *"afficere"*, que remete à ideia de tocar, de comover. Desde 1452, o *"affective"* (afetivo) como substantivo designa a faculdade da afecção, o coração; o adjetivo *"affectif"* ou *"affective"*, no sentido de "comovente" e de "tocante", faz igualmente sua aparição no século XVII,[69] mas o termo *"affect"* enquanto

---

[67] É notadamente o caso de Bernard Pautrat e de Robert Misrahi, em suas novas traduções da *Ética*, de Pierre Macherey em seu *Introduction à la troisième partie de l'*Éthique, *la vie affective*, (1995) de Jean-Marie Beyssade em seu artigo *"Nostri corporis affectus*: can an affect in Spinoza be "of the body"?" (1999, p. 113-128).

[68] Cf. Notas à edição Garnier da *Ética*, 1906, por Bernard Pautrat em sua tradução da *Ética*, 1988, p. 9 e por Robert Misrahi, n. 1, p. 404, de sua tradução da *Ética*, Paris: PUF, 1990.

[69] Encontra-se, por exemplo, traços em um texto de Mme de Sévigné, de 5 de junho de 1675: "as palavras mais repetidas e mais afetivas que se possa imaginar".

tal não aparece. Entretanto, a despeito de seu anacronismo, é preciso traduzir "*affectus*" em francês por "*affect*" (afeto), que passou ao uso hoje e choca menos do que no início do século XX, quando Charles Appuhn tinha boas razões para hesitar em empregá-lo. Esse termo permite, com efeito, evitar as confusões e dar razão da nova significação desse conceito, envolvendo ao mesmo tempo uma dimensão física e mental.

O problema das duas definições

É possível, todavia, interrogar-se sobre a realidade da existência de um discurso misto, centrado na análise dos afetos. A natureza desse conceito parece, com efeito, problemática, pois Espinosa propõe para ele duas definições que são sensivelmente diferentes, até mesmo divergentes, uma no início da Parte III, outra no final. A primeira agrupa sob o termo "afeto" "as afecções do corpo que aumentam ou diminuem, ajudam ou contrariam a potência de agir desse corpo e simultaneamente (*et simul*) as ideias destas afecções" (*E* III, def. 3) e distingue duas espécies, a ação e a paixão. A segunda, que é apresentada como uma definição geral (*E* III, *Definição geral dos afetos* [fim da Parte III]), parece um recuo em relação à primeira: "O Afeto, que é dito uma paixão da alma, é uma ideia confusa pela qual a Mente afirma de seu Corpo ou de uma de suas partes uma força de existir maior ou menor do que antes e cuja presença determina a Mente a pensar uma coisa de preferência a outra". A definição final introduz três diferenças maiores em relação à precedente.

Em primeiro lugar, ela restringe os afetos às paixões e não menciona as ações. Todo o problema é então saber quais são o valor e a significação exatos da formula *qui animi pathema vocatur*,[70] que é ambígua em latim. Ela pode, com efeito,

---

[70] Esta expressão, rara na pena de Espinosa, figura em Descartes, *Princípios da Filosofia*: I, 48, AT, VIII, 23; e IV, 190, AT, VIII, 317, como apontou Jean-Marie Beyssade. (1999, p. 118). "A expressão *animi pathema*, inusual em Espinosa, aparece nos *Princípios da Filosofia* de Descartes: em contraste

ser interpretada de duas maneiras, seja como o enunciado de uma equivalência estrita entre afeto e paixão da alma, de modo que os dois termos sejam rigorosamente sinônimos e intercambiáveis, seja como enunciado de uma determinação particular, indicando que só se trata aqui de um único tipo de afeto, aquele que é chamado paixão da alma. Qualquer que seja a hipótese assumida, surgem dificuldades. A primeira interpretação põe um problema de coerência interna do sistema. Se Espinosa assimilasse o afeto exclusivamente a uma paixão da alma no curso de sua definição geral, ele contradiria suas análises anteriores, em que estendia esse conceito às ações, e pecaria contra o rigor terminológico, prestando-se à confusão. A segunda interpretação, que postula que a definição final só concerne a um tipo particular de afetos – a saber, as paixões –, evita o obstáculo precedente e preserva a coerência do conceito, validando sua acepção primeira, que inclui as ações. Ela nos faz, porém, passar de Caríbdis a Cila, pois nesse caso é difícil compreender por que essa definição é chamada de geral.

Em segundo lugar, a definição final restringe o afeto apenas a seu aspecto mental. O afeto é apresentado como uma paixão *da alma* (grifos nossos) e, mais precisamente, como "uma ideia confusa pela qual a Mente afirma de seu Corpo ou de uma de suas partes uma força de existir maior ou menor do que antes". Insistindo sobre o caráter afirmativo da ideia, Espinosa introduz implicitamente uma referência à vontade, visto que a volição não é nada outro que a afirmação ou a negação envolvida pela ideia (*E* II, prop. 49). Portanto ele define o afeto situando-se unicamente no quadro do atributo pensamento, já que a vontade designa o esforço enquanto é referido apenas à mente (*E* III, prop. 9, esc.). Certamente isso não exclui toda

---

com as emoções intelectuais ou interiores, esta expressão refere-se às paixões da mente e, como na definição final de Espinosa, é equivalente a 'certos pensamentos confusos'". Cf. igualmente n. 16 , p. 126.

referência física, pois a mente é apresentada como afirmando uma força de existir de seu corpo, ou de uma parte de seu corpo, maior ou menor do que antes. A definição geral, contudo, inverte a ordem da análise em relação à definição III dos afetos, que começa pelo corpo e dá mais precisão a seu objeto. Ela privilegia o aspecto mental, pois o corpo não é mencionado por ele mesmo enquanto modo da extensão, mas enquanto objeto de uma ideia confusa afirmada pela mente.

Essa restrição não é anódina, pois se a definição III apresenta a mente e o corpo em paridade e funda a possibilidade de uma aproximação conjunta, em troca a definição geral convida sobretudo a considerar o afeto sob o ângulo mental. Nessas condições, o que acontece com o famoso discurso misto? É legítimo, diante da definição final, fazer do conceito de afeto um conceito central que permite pensar a articulação entre um modo do pensamento e um modo da extensão e esclarecer a maneira como eles são unidos?

Em terceiro lugar, a definição geral acrescenta uma precisão capital que permite englobar todos os afetos primitivos. Especificando que o afeto é uma ideia confusa "cuja presença determina a Mente a pensar uma coisa de preferência a outra", ela exprime não somente a natureza da alegria e da tristeza, mas também a do desejo.[71] Ela completa, portanto, em certo sentido, a definição III, que incluía em sua redação o aumento e a diminuição da potência de agir – em outras palavras, a alegria e a tristeza – mas não fazia aparecer explicitamente a natureza do desejo.

Se a adição dessa precisão quase não é problemática, na medida em que ela completa a definição precedente sem

---

[71] Cf. explicação da *Definição geral dos afetos*: "Acrescentei enfim: *cuja presença determina a Mente a pensar uma coisa de preferência a outra* para exprimir, além da natureza da alegria e da tristeza, que a primeira parte da definição explica, igualmente a natureza do desejo".

recolocá-la fundamentalmente em questão, por outro lado as duas restrições suscitam mais interrogações, visto que tocam à natureza mesma do afeto. A questão que se põe, então, é a do respectivo estatuto dessas duas definições. Devem ser postas em pé de igualdade? Deve-se considerar que a primeira é a mais decisiva em virtude de seu alcance mais geral, ou, ao contrário, que a segunda constitui a versão definitiva em virtude de seu estatuto final?

Na realidade, o problema não se põe nesses termos, pois é evidente que Espinosa não renuncia à existência dos afetos ativos e que a definição geral não pode ser interpretada como um abandono das teses anteriores. As duas últimas proposições da *Ética* III, que precedem a recapitulação final, atestam o contrário, pois elas localizam os afetos chamados ações e os agrupam sob a categoria de força da alma. Os desenvolvimentos ulteriores que lhes serão consagrados nas partes IV e V arruínam definitivamente a hipótese de uma reviravolta de Espinosa a esse respeito.

Resta então compreender por que esses afetos ativos são eliminados no curso de uma definição que se quer geral. O adjetivo *"generalis"* se presta à confusão, visto que a definição não é universal. A dissipação da ambiguidade passa pela elucidação da significação exata dessa fórmula. A aparente incoerência entre a definição III e a definição final provém do fato de que o adjetivo "geral" é interpretado como visando todos os afetos. Ora, como não é esse o caso, o emprego desse qualificativo parece inapropriado e requer explicações.

A hipótese por vezes avançada para resolver a dificuldade consiste em considerar a definição final como um escrito anterior a certos textos da Parte III da *Ética*, que não teria sido revista e que carregaria traços de concepções precedentes, em que Espinosa assimilava sistematicamente afeto e paixão da alma. É a esse tipo de explicação que recorre Jonathan Bennett, por exemplo, para dar conta das distorções entre as diferentes definições da alegria, identificada alternadamente a uma paixão da alma (*E* III, prop. 11, esc.), a um afeto do homem (*E* III, Definições dos afetos, 2) e a uma ação (*E* III, prop. 58). As disparidades residuais são imputáveis à negligência de Espinosa, que, depois de ter mudado de opinião, teria esquecido, em certos lugares, de modificar seu texto e de pô-lo em conformidade com seu novo pensamento.[72]

Essa hipótese é muito pouco aceitável. Ainda que certas passagens do texto recapitulativo consagrado às definições dos afetos tivessem sido escritas antes das demonstrações que as precedem, é manifesto que Espinosa reviu o conjunto, visto que se remete quase sistematicamente às proposições da Parte III, efetua ajustes e empreende clarificações em relação a elas. Quanto à definição geral, parece difícil admitir que ela seja o resíduo de concepções anteriores não corrigidas, parecendo ao contrário posterior à definição III, já que ela a completa, abarcando a natureza do desejo e de todos os afetos primitivos, ao passo que antes somente a alegria e a tristeza estavam postas em evidência. Por conseguinte, se Espinosa tivesse querido dizer que todo afeto é uma paixão, teria percebido e evitado a incoerência entre as duas últimas proposições da *Ética* III, que admitem afetos ativos, e a definição geral.

Certamente alguns indícios levam a crer que o texto consagrado às definições dos afetos reflete um estado de pensamento mais marcado pelas análises cartesianas do que o são as demonstrações 1 a 59 da Parte III. O apêndice final poderia assim corresponder a um momento em que Espinosa situa sua filosofia das paixões em relação à de Descartes, que impõe autoridade, para fazer entender sua diferença e justificar

---

[72] *A Study of Spinoza's* Ethics, p. 258: "It is pretty clear that at some stage in the development of his views Spinoza did think of all pleasure as passive, and that when he changed his mind about this he made an imperfect job of cleansing his text".

suas tomadas de partido. É interessante constatar, com efeito, que a ordem da enumeração dos afetos no fim da Parte III não reproduz a da dedução das proposições, mas desposa em parte, no início, a enumeração cartesiana das paixões primitivas e de suas derivadas.[73] A expressão *"affectus qui animi pathema dicitur"*, que é manifestamente tirada dos *Princípios da filosofia* de Descartes,[74] dá igualmente crédito à ideia de que Espinosa se posiciona em relação a seu ilustre predecessor. A insistência sobre a natureza confusa da paixão, enfim, é um traço que se encontra no filósofo francês. É aliás a razão pela qual Descartes estima mais exato qualificar as paixões de sentimentos do que de percepções (cf. *As paixões da alma*, parte I, art. 28), visto que estas últimas podem ser às vezes claras e distintas, enquanto os primeiros são frequentemente obscuros e confusos. Qualquer que seja sua validade, esta hipótese de

---

[73] Enquanto os sete primeiros afetos deduzidos na Parte III são, por ordem: o desejo, a alegria, a tristeza, o amor, o ódio, a simpatia, a antipatia, e são seguidos pela esperança, o medo, a segurança, o contentamento, o remorso..., os sete afetos definidos no final são, por ordem: o desejo, a alegria, a tristeza, a admiração, o desprezo, o amor e o ódio, seguidos pela propensão, pela aversão, pela devoção e pelo escárnio. É claro que, nas definições dos afetos, Espinosa se posiciona inicialmente de uma maneira crítica em relação à enumeração cartesiana e a suas seis paixões primitivas, já que ele menciona a admiração (que não é um afeto) na quarta posição, ao passo que, na Parte III, a admiração só é evocada tardiamente no escólio da proposição 52. A presença surpreendente do desprezo (definição V) na quinta posição, sendo que na Parte III ele aparece somente no escólio da proposição 52, pode assim ser explicada pelo laço que ele mantém com a admiração em Descartes. O desprezo é, com efeito, com a estima, a primeira paixão particular derivada da admiração (cf. *Paixões da alma*, 54). Da mesma maneira, se Espinosa, no fim da definição 5 dos afetos, menciona a veneração e o desdém para se justificar por tê-los deixado de lado, é porque essas paixões são igualmente em Descartes espécies de admiração e, mais exatamente, formas de estima e de desprezo por objetos considerados como causas livres suscetíveis de fazer bem e mal (cf. *Paixões da Alma*, 54).

[74] Cf. § 190, citado anteriormente: *"...affectus sive animi pathemata"*, AT, VIII, 317, 24.

um face a face com Descartes não pode ser invocada para sustentar a tese de uma afetividade exclusivamente passiva e exclusivamente mental, pois, no autor dos *Princípios da filosofia*, a expressão *"pathema da alma"* se opõe às emoções intelectuais causadas pela alma sozinha e implica sempre uma ação do corpo. Por conseguinte, as diferenças entre as duas definições espinosanas dos afetos não devem ser interpretadas como um reconhecimento do caráter ativo e corporal do afeto, mas devem obedecer a outras razões.

Na realidade, a chave do problema reside no estatuto do texto final, que Espinosa introduz brevemente no decorrer da explicação da definição 48:"Se agora quisermos prestar atenção a esses três afetos primitivos e ao que nós dissemos acima sobre a natureza da mente, poderemos definir os afetos enquanto se referem somente à mente da maneira que se segue". Antes de expor seu enunciado, Espinosa precisa então claramente que seu projeto não é definir os afetos sob todos os seus aspectos, mas somente enquanto se referem à mente (*quatenus ad solam mentem referentur*). É a razão pela qual a referência ao corpo é minimizada sem contudo desaparecer. Resta compreender por que Espinosa prende-se antes de tudo à relação à mente, de um lado, e a suas paixões, de outro. Esse primado não significa de modo algum que o corpo seja excluído ou que os afetos ativos sejam eliminados; ele é a consequência do escopo que Espinosa se propõe explicitamente a atingir no segundo escólio da proposição 55. "Para nosso desígnio, que é determinar as forças dos afetos e o poder da mente sobre eles, basta-nos ter uma definição geral de cada um dos afetos." A definição geral se inscreve, portanto, no contexto de uma busca da potência da mente para moderar e contrariar os afetos. É a razão pela qual o acento é posto não somente sobre o aspecto mental, mas sobre o aspecto passivo do afeto. Trata-se de compreender a natureza das paixões para mensurar suas forças e poder opor-lhe a potência do entendimento. As definições dos afetos em seu conjunto têm também uma função pedagógica e propedêutica. Elas atraem a atenção sobre o que é necessário observar[75] a respeito das paixões para poder determinar em seguida as causas da servidão humana – em outras palavras, as forças dos afetos, segundo o título da parte IV, seu caráter bom ou mau, assim como a via que leva à liberdade na parte V, graças à potência do entendimento.[76]

Nessas condições, a definição é chamada de geral porque é genérica; ela remete a um gênero de afetos – a saber, as paixões ou ideias confusas pelas quais a mente afirma de seu corpo uma força de existir maior ou menor do que antes. Ela não exclui a existência de outro gênero de afetos, as ações que reúnem ideias adequadas pelas quais a mente afirma de seu corpo uma força de existir maior do que antes. A adjetivo *"generalis"* deve, portanto, ser entendido por referência ao gênero. O emprego desse conceito a propósito dos afetos não é inapropriado e não constitui uma extrapolação, pois o próprio Espinosa lhes aplica essa denominação. É o que se depreende, por exemplo, da definição V da *Ética* IV: "Por afetos contrários entenderei na

---

[75] É o termo que Espinosa usa no escólio da proposição 59: "Enfim, dado que é preciso fazer certas observações a respeito das definições dos afetos, vou aqui retomá-las por ordem, aí intercalando o que é preciso observar em cada uma".

[76] É o que sugere Emilia Giancotti (1999, p. 131) após ter constatado a diferença entre as duas definições dos afetos e a eliminação dos afetos ativos na última: "The reason for this change – or rather this elimination – is not clear, since the double condition of agent and patient cannot be eliminated from human nature. Perhaps, as he prepares to go on to treat human bondage, Spinoza wishes to stress the conditions of passivity, which is the basis of bondage". É igualmente o que sustenta Jean-Marie Beyssade (1999, p. 119), para quem a orientação privilegiada da definição geral dos afetos sobre as paixões é perfeitamente compreensível e justificada, tendo em conta o duplo objetivo visado por Espinosa nas partes IV e V – a saber, analisar a servidão ou as forças dos afetos e a liberdade situando-se somente do ponto de vista da mente, da potência do entendimento, embora seja também legítimo situar-se do ponto de vista do corpo em outras disciplinas, como a medicina.

sequência os que arrastam o homem em sentidos diferentes, ainda que sejam do mesmo gênero (*quamvis eiusdem sint generis*), como a gula e a avareza, que são espécies de amor; e não é por natureza, mas por acidente que eles são contrários".

A classificação em gênero e espécies obedece à busca de uma medida comum entre os diversos indivíduos a fim de poder compará-los. Ela deixa de lado sua particularidade para reconduzi-los a uma propriedade comum geral. É assim, ao menos, que Espinosa dá conta da formação da ideia de gênero no prefácio da *Ética* IV, no decorrer da explicação da origem dos conceitos de perfeição e imperfeição. "Costumamos remeter todos os indivíduos da Natureza a um gênero, que é chamado generalíssimo, a saber, à noção de Ser, que pertence a absolutamente todos os indivíduos da Natureza. E assim, enquanto remetemos todos os indivíduos da Natureza a esse gênero e os comparamos uns aos outros, e descobrimos que uns têm mais ser ou realidade que outros, nesta medida dizemos que uns são mais perfeitos que outros". Essa operação permite então comparar os indivíduos e classificá-los do imperfeito ao mais perfeito em função de seu grau de ser ou realidade.

A definição final dos afetos obedece, ao que parece, à mesma preocupação. Ela é chamada geral pois remete todas as paixões a um só gênero, a ideia confusa, e permite em seguida compará-los em função de sua aptidão a aumentar ou diminuir a potência de agir do homem. A utilização da noção de gênero é destinada a operar uma classificação e uma avaliação dos afetos, em função de seu uso bom ou mau. Ela anuncia o projeto que será posto em execução imediatamente após, na *Ética* IV, onde Espinosa se propõe não somente a explicar as causas da servidão, mas "além disso, o que têm de bem ou de mal os afetos" (*E* IV, pref.).

O interesse dessa redução dos afetos a gêneros é evitar os procedimentos supérfluos, em conformidade com o terceiro preceito do método que prescreve "instituir uma ordem para nos poupar de inúteis fadigas" (cf. *TIE*, §32). É nessa ótica que se inscreve explicitamente Espinosa. "Para nosso desígnio, que é determinar as forças dos afetos e o poder da mente sobre eles, basta-nos ter uma definição geral de cada um dos afetos [...] basta-nos, digo, compreender as propriedades comuns dos afetos..." (*E* III, prop. 56, esc.).

A definição geral é assimilada aqui à exibição das propriedades comuns aos afetos e se opõe à análise detalhada de sua particularidade e ao recenseamento de cada caso da espécie. Limitando a busca a uma definição geral, Espinosa preconiza manter-se em um conhecimento de segundo gênero dos afetos, pois ele visa a extrair suas características comuns e não a determinar a essência singular de cada um a partir da ideia da essência dos atributos extensão e pensamento. O adjetivo "*generalis*" indica, portanto, que se está tratando de uma definição racional e não intuitiva dos afetos.

Essa observação vale para o conjunto das definições dos afetos que recapitulam a Parte III. Seus princípios repousam sobre um conhecimento de segundo gênero e obedecem à necessidade de extrair os grandes traços comuns a todos os desejos, alegrias, tristezas, amores, ódios, sem se sobrecarregar com todas as suas espécies e todas as suas denominações possíveis. É sem dúvida a razão pela qual a definição 1 do desejo é muito larga e engloba "todos os esforços, impulsos, apetites e volições do homem", enquanto que esses conceitos foram distinguidos nos escólio da proposição 9 da Parte III e o termo "*cupiditas*" pode revestir-se de uma acepção mais particular e determinada em outros contextos.

Contudo uma questão permanece em suspenso: por que uma definição geral é suficiente e por que não é necessário ir além e entrar na particularidade de cada afeto? O próprio Espinosa não diz que o conhecimento do terceiro gênero é preferível ao do segundo porque nos afeta mais intensamente (*E* V, prop. 36, esc.)? Por conseguinte, se os afetos ativos engendrados pela ciência intuitiva são mais potentes que os que nascem da razão, eles constituem armas mais eficazes para contrariar os afetos passivos. Logo, parece estranho querer privar-se disso.

Para sanar esse paradoxo, é preciso reportar-se às justificações que Espinosa fornece para explicar por que ele se mantém em um conhecimento geral e omite a definição de certos afetos particulares.

> Calo-me sobre as definições de Ciúme e das outras flutuações da alma, tanto porque se originam da composição de afetos que já definimos, quanto porque na maior parte não têm nomes, o que mostra ser suficiente para o uso da vida conhecê-las somente em geral (*easdem in genere tantummodo noscere*). De resto, fica claro, a partir das Definições dos afetos que explicamos, que todos se originam do Desejo, da Alegria e da Tristeza, ou melhor, nada são além desses três, os quais costumam ser chamados por vários nomes em função de suas várias relações e denominações extrínsecas" (*E* III, expl. da def. 48).

Espinosa avança três razões principais que tendem todas a mostrar o caráter inútil de uma análise particular de cada afeto. As duas primeiras legitimam sobretudo a omissão das definições de ciúme e das outras flutuações da alma, ao passo que a terceira assume um alcance mais geral e se aplica a todos os afetos. Em primeiro lugar, a definição de ciúme e das outras flutuações da alma é supérflua, pois sua natureza está compreendida em afetos que já foram definidos, como o amor, o ódio e a *fluctuatio animi*, já que ele resulta da sua composição. Assim, o ciúme não é "nada além de uma flutuação da alma, nascida ao mesmo tempo do amor e do ódio, acompanhados da ideia de um outro a quem se inveja" (*E* V, prop. 35, esc.). Além de sua natureza composta, que faz deles simples variantes de afetos previamente definidos, certas paixões, em segundo lugar, não merecem que nos demoremos sobre elas em virtude de seu caráter irrelevante para o uso da vida. Trata-se, portanto, de só considerar os afetos que nos importam ao ponto de experimentarmos a necessidade de nomeá-los e identificá-los distintamente. O estudo da natureza dos afetos não é um fim em si mesmo, ele é um meio em vista da beatitude. Eis por que não trata, de modo algum, de tudo deduzir, mas de só reter o que pode "nos conduzir, como que pela mão, ao conhecimento da mente humana e de sua beatitude", como ensina o prefácio da *Ética* II. O uso da vida serve de princípio de discriminação entre os afetos que merecem ser nomeados e definidos e aqueles que podem ser negligenciados. Espinosa, desse ponto de vista, continua próximo a Descartes o bastante para que se trate de proceder a uma enumeração suficiente, e não exaustiva, das paixões da alma. O filósofo francês não se propõe, com efeito, a recensear todas as maneiras como os objetos nos afetam e todos os efeitos que eles podem produzir sobre nós, mas somente aqueles que nos importam, que podem nos ser nocivos ou úteis (*As paixões da alma*, parte II, art. 52). É em função do bom ou mau uso que são classificadas e analisadas as paixões. Da mesma maneira, pouco importa a Espinosa definir e enumerar todas as espécies de afetos, pois isso não é necessário para viver e bem viver. O uso da vida é assim um critério que permite justificar o caráter suficiente de uma definição geral.

Mas o argumento decisivo, desenvolvido em terceiro lugar, continua sendo o fato de que todas as paixões particulares não precisam ser definidas, já que são compostas a partir dos três afetos primitivos e só constituem maneiras de nomear diferentemente o desejo, a alegria e a tristeza, em função da diversidade de suas relações. Nessas condições, basta que a definição geral dos afetos exprima a natureza da alegria, da tristeza e do desejo para que todas as paixões estejam compreendidas nela e possam dela ser deduzidas. É por isso que a condição de possibilidade de uma definição geral da paixão da alma repousa sobre a tomada em consideração não somente da natureza da mente, mas da dos três afetos primitivos. Espinosa insiste, com efeito, sobre esse ponto: "Se agora quisermos prestar atenção a esses três afetos primitivos e ao que anteriormente dissemos sobre a natureza da Mente, poderemos definir os afetos, enquanto referidos apenas à Mente, da seguinte maneira [...]" (*E* III, expl. da def. 48). A definição geral cumpre bem essas três condições. *Primo*, ela se funda sobre o conhecimento da natureza da mente, porque ela é apresentada aqui como uma ideia que afirma uma força de existir do corpo, e de sua causalidade inadequada, porque a paixão é uma ideia confusa. *Secundo*, ela inclui a natureza da alegria e da tristeza, porque esclarece que a mente "afirma de seu corpo ou de uma parte dele uma força de existir maior ou menor que antes", assim como a do desejo, porque ela acrescenta que a presença dessa ideia confusa "determina a própria mente a pensar uma coisa de preferência a outra".

Em definitivo, se o acento é posto sobre as paixões, isso não quer dizer nem que Espinosa se contradiz nem que o texto da definição geral dos afetos é necessariamente anterior e testemunha um pensamento ainda inacabado sobre a questão, mas significa que importa, antes de tudo, prestar atenção às características gerais das paixões a fim de poder determinar suas forças, sua qualidade útil ou nociva e a potência da mente para moderá-las e contrariá-las. A definição geral nos dá finalmente três ensinamentos principais.

Em primeiro lugar, o projeto ético pode e deve, em certas condições, fazer apelo unicamente a um conhecimento do segundo gênero, pois é inútil fatigar o entendimento pela busca de uma ciência intuitiva de todos os afetos. O conhecimento do terceiro gênero é certamente superior ao do segundo, mas não é sistematicamente preferível a ele e não constitui necessariamente um progresso em todos os casos. Preconizando limitar-se a definições gerais dos afetos, Espinosa esboça os contornos de uma esfera de extensão e validade que sejam próprias ao conhecimento do segundo gênero. Certamente não é proibido buscar compreender tudo de maneira intuitiva, mas esse procedimento pode aparentar-se a uma curiosidade vã, levando em conta a potência limitada do homem. O uso da vida não requer um gasto inútil de forças, na medida em que a eficácia de um conhecimento pela razão é atestada. A definição geral é a ilustração desse princípio de economia de trabalho que é subjacente ao espinosismo. Ela manifesta a potência da razão que, em certas condições, não se preocupa com a intuição.

Em segundo lugar, a definição geral dá indicações sobre a natureza do discurso misto e suas diversas figuras. Longe de desposar a forma de um paralelismo estrito entre mente e corpo, ela manifesta uma dissimetria, pois o aspecto mental prevalece sobre o aspecto físico e convida a interrogar-se não somente sobre a alternância dos pontos de vista sob os quais o homem é analisado, mas sobre o peso respectivo do modo da extensão e do modo do pensamento na constituição dos afetos em função de seu gênero e de seu caráter ativo ou passivo.

Em terceiro lugar, tratando apenas das paixões da alma, a definição geral, paradoxalmente, é apenas um caso particular da definição III[77] e a legitima em seu bom direito. No máximo, ela a confirma e completa, mas não a invalida, de sorte que é sobre ela que deve repousar fundamentalmente o exame da essência dos afetos.

Natureza dos afetos segundo a definição III

Associando certas afecções físicas e suas ideias, a definição III dos afetos não se limita ao aspecto mental, mas

---

[77] Nessas condições, conviria suprimir, na tradução francesa da definição geral dos afetos, a vírgula entre "o afeto" e "que é dito uma paixão da alma", pois a vírgula subentende uma equivalência estrita entre os termos "afeto" e "paixão". A ausência de vírgula, ao contrário, dá a entender que se visa aqui a um tipo de afeto, aquele que é dito uma paixão da alma, e não aquele que é uma ação. (O comentário da autora é igualmente válido para as traduções em língua portuguesa. [N.T.].)

implica a apreensão da mente e do corpo em conjunto (*simul*). Espinosa o enuncia em dois tempos: ele começa por explicitar a essência do afeto em geral, depois o subdivide em duas grandes categorias, a ação e a paixão, em função da natureza adequada ou inadequada da causa que o produz. Mas, que seja ativo ou passivo, o afeto comporta uma dupla face, física e mental. Eis por que é necessário analisar alternadamente seu aspecto corporal e seu aspecto intelectual e determinar a maneira como eles são ligados. A compreensão da natureza do afeto implica de fato a elucidação da significação da expressão "*et simul*", que religa na definição III as afecções do corpo e as ideias dessas afecções. Que quer dizer precisamente Espinosa quando afirma que por "afeto" ele entende "as afecções do corpo que aumentam ou diminuem, ajudam ou contrariam a potência de agir deste corpo *e ao mesmo tempo* as ideias dessas afecções"? É claro, como o destaca Bernard Rousset (1993, p. 141), que a essência do afeto depende do valor semântico do advérbio "*simul*" e que o exame de sua significação é do mais alto interesse, pois projetará luzes sobre a natureza do discurso misto.

O aspecto corporal do afeto

Qualquer que seja sua forma, é preciso notar que o afeto é estatutariamente definido primeiro em relação ao corpo. Ele tem por condição necessária uma afecção física e deve compreender-se em primeiro lugar por referência ao atributo extensão. Essa prioridade concedida ao corpo é totalmente conforme à natureza da mente. Se esta não é nada além da ideia do corpo e de suas afecções, tudo o que se passa nela é função de seu objeto. É preciso então conhecer previamente o que afeta o corpo para compreender o que afeta a mente. Portanto, Espinosa se dobra rigorosamente, na definição III, às condições de possibilidade de um conhecimento da mente humana e de sua potência, as quais ele tinha enunciado no decorrer do escólio da proposição 13 da *Ética* II.[78] A igualdade, por conseguinte, não exclui as prioridades e repousa aqui sobre um primado corporal; tanto é verdade que não poderia haver ideia sem objeto.

Entretanto, não se deve crer que o lugar concedido ao corpo na definição III testemunhe um privilégio do modo da extensão e que o papel do modo do pensamento se limite a registrar e refletir as mudanças físicas; tanto é verdade que a mente manifesta sua potência própria formando ideias que não se reduzem "a algo mudo como uma pintura em um quadro" (*E* II, prop. 43, esc.). De um lado, a definição final dos afetos mostra a reversibilidade da ordem das prioridades, insistindo sobre a dimensão mental do afeto. De outro, a distinção no final da definição III entre duas categorias de afetos, as ações e as paixões, convida a temperar a propensão a hipostasiar a dimensão física, pois ela testemunha um primado da mente[79] e da referência ao atributo pensamento.

A diferença entre ação e paixão repousa de fato sobre a natureza adequada ou inadequada da causa que produz a afecção: "Se podemos ser causa adequada de uma dessas afecções, então por afeto entendo uma ação; do contrário, uma paixão". Ora, somos causa adequada quando produzimos um efeito que se compreende de maneira clara e distinta por nossa só natureza. Inversamente, somos causa inadequada quando o efeito não é inteligível a partir de nossa só natureza, mas requer a referência a causas exteriores (*E* III, def. 1). A partição dos afetos em dois gêneros é portanto fundada sobre um modo de pensar – a saber, o caráter adequado ou inadequado da causa. Ainda que os conceitos de ação e paixão se apliquem

---

[78] "Para determinar em que a mente humana difere das outras, e supera as outras, é-nos necessário conhecer, como dissemos, a natureza de seu objeto, isto é, do corpo humano."

[79] É o que destaca Michael Schrijvers (1999, p. 63).

ao corpo, não deixa de ser verdade que o critério que os diferencia é antes de tudo intelectual e pressupõe uma aptidão da mente para conceber a causa, de um lado, e para verificar se seu efeito é inteligível por ela somente, de outro. Longe de corroborar a ideia de um primado radical do corpo no seio da definição III, a distinção entre ações e paixões decorre do atributo pensamento, pois ela implica a possibilidade de perceber clara e distintamente o efeito como totalmente ou parcialmente contido na causa. Espinosa insiste, aliás, sobre a correlação entre a natureza do afeto e a natureza da ideia. No decorrer da proposição III, ele afirma que "as ações da mente nascem apenas das ideias adequadas; e as paixões dependem apenas das ideias inadequadas". Resta que a definição III põe acento, primeiramente, no papel do corpo e nas modificações de sua potência de agir antes de se referir à mente para operar uma partição das emoções.

Afeto e afecção

Mas se o afeto remete, em primeiro lugar, a uma afecção corporal, quer isso dizer que os dois conceitos se recobrem exatamente e que não há diferença entre eles? Contrariamente ao termo "afeto", o termo "afecção" não é objeto de uma definição em boa e devida forma. Entretanto, Espinosa explicita a natureza e a significação desse conceito no decorrer de sua análise final do desejo. "Por afecção da essência humana, entendemos qualquer estado (*constitutionem*) dessa mesma essência, seja inato, seja concebido pelo só atributo do Pensamento, seja pelo da Extensão, seja enfim referido a ambos simultaneamente" (*E* III, Definições dos afetos, def. 1, expl.). A afecção da essência humana em geral designa, portanto, seja um estado mental que se explica por referência ao pensamento, seja um estado psicofísico que se explica por referência aos dois atributos. Esses estados são inatos ou adquiridos e remetem tanto a uma constituição dada quanto a suas modificações no decorrer do tempo. A esfera do conceito de afecção é portanto larga, pois não somente ela engloba todo estado, quer seja inato ou não, mas também envolve toda a realidade humana e seus diversos modos de apreensão. A afecção não toca ao corpo sozinho, mas concerne igualmente à mente sozinha, ou ainda à mente e ao corpo tomados em conjunto. Assim, o tremor, a lividez, o riso e as lágrimas são afecções que se remetam ao corpo sozinho, e aliás é esta a razão por que Espinosa não se demora em analisá-los.[80] Uma imaginação de coisa singular, por outro lado, é uma afecção da mente.[81] Uma só e mesma afecção pode, conforme o caso, ser objeto de uma concepção simples, dupla, e até tripla, e tomar nomes diferentes conforme seja referida só ao corpo, só à mente, ou aos dois ao mesmo tempo. É o caso do apetite, do decreto da mente e da determinação do corpo, que "são simultâneos por natureza, ou melhor, são uma só e a mesma coisa que, quando considerada sob o atributo Pensamento e por ele explicada, denominamos decreto e, quando considerada sob o atributo Extensão e deduzida das leis do movimento e do repouso, chamamos determinação" (*E* III, prop. 2, esc.).

O apetite humano é uma realidade psicofísica que implica uma relação ao mesmo tempo à mente e ao corpo e não pode explicar-se sem essa dupla referência. Com efeito, não é nada outro senão "a própria essência do homem enquanto determinada a fazer algo que serve a sua própria conservação" (*E* III, Definições dos afetos, def. 1, expl.). Se a afecção engloba qualquer estado inato ou adquirido da essência, o apetite figura na categoria das afecções nativas. Embora possa

---

[80] *E* III, prop. 59, esc.: "De resto, negligenciei as afecções externas do Corpo que são observadas nos afetos, como o tremor, a lividez, o soluço, o riso, etc., dado que são referidos só ao Corpo, sem nenhuma relação com a Mente".

[81] *E* III, prop. 52, esc.: "Esta afecção da Mente (*haec mentis affectio*), ou seja, a imaginação de uma coisa singular, enquanto se acha sozinha na Mente, é chamada Admiração".

modificar-se no curso do tempo, é por natureza uma afecção inata da essência humana, um estado dado, que determina o homem a agir em vista de se conservar. Ele se reconduz ao *conatus*, ao esforço para perseverar em seu ser, o qual "não é nada além da essência dada ou atual". Mas se os dois conceitos são sinônimos, o apetite designa mais particularmente o esforço para perseverar no seu ser enquanto referido simultaneamente ao corpo e à mente (*E* III, prop. 9, esc.) e implica, portanto, a dupla referência à extensão e ao pensamento. A mesma afecção chamada apetite pode ser explicada sob um ângulo puramente físico e referir-se unicamente ao corpo e à extensão. Nesse caso, não se falará mais em termos de apetites, mas de determinações. Ela pode enfim ser visada sob um ângulo puramente mental e referir-se unicamente à mente, caso em que se falará de preferência em termos de decretos. Essas três explicações não se contrariam, pois constituem maneiras diferentes e concordantes de pensar a mesma coisa.

Põe-se então a questão de saber se é possível aplicar ao afeto o que vale para a afecção e distinguir afetos físicos, afetos mentais e afetos psicofísicos. Para evitar qualquer conclusão apressada, é preciso notar previamente que uma afecção do corpo é uma condição necessária, mas não uma condição suficiente da constituição do afeto. Espinosa restringe, com efeito, a definição do conceito de afeto apenas às "afecções que aumentam ou diminuem, ajudam ou coíbem a potência de agir do corpo" e às "ideias dessas afecções". Em outras palavras, todo afeto é uma afecção, mas nem toda afecção é um afeto. Assim, a admiração experimentada pela mente, que continua fixa sobre a imaginação de uma coisa nova, implica uma afecção do corpo e uma ideia dessa afecção, mas não é contudo um afeto. Espinosa reconhece que a admiração é uma afecção (*E* III, prop. 52, esc.),[82] mas não a computa

---

[82] "Essa afecção da Mente, ou seja, a imaginação de uma coisa singular, enquanto se acha sozinha na Mente, é chamada Admiração."

entre os afetos. Visto que se reduz à imaginação de uma coisa nova, ela não se distingue por natureza dos outros modos de imaginar; e é por esta razão que o autor da *Ética* afirma que, de sua parte, ele "não enumera a admiração entre os afetos" (*E* III, definições dos afetos, definição 4, explicação).

Assim demarca-se de Descartes não somente porque exclui a admiração, mas porque restringe o domínio dos afetos somente às afecções que aumentam ou diminuem, ajudam ou coíbem a potência de agir. Em Descartes, ao contrário, as paixões da alma ou ações do corpo compreendem tudo o que se faz ou ocorre de novo, e se identificam à mudança em geral, quaisquer que sejam suas formas.[83] É verdade que o filósofo francês, em seguida, no decorrer de sua enumeração das paixões, só leva em consideração as emoções excitadas em nós pelos objetos não "em razão de todas as diversidades que existem neles, mas somente em razão das diversas maneiras pelas quais eles nos podem ser nocivos ou úteis, ou, em geral, ser importantes" (*As paixões da alma,* parte II, art. 52). Ele não recenseia todas as afecções, mas apenas as que põem em jogo nossa conservação. A diferença entre os dois autores é portanto menos marcada do que parece.

Resta que Espinosa instaura, na definição 3, uma separação entre as afecções que são afetos e as que não são. Só quatro tipos de afecções corporais classificadas por pares de contrários e suas ideias podem tomar o nome de "afetos": as que aumentam a potência de agir do corpo, as que a diminuem, as que a ajudam e as que a coíbem. Antes de entrar na análise dessa tipologia, importa compreender por que todas as afecções corporais não dão sistematicamente lugar a afetos

---

[83] Cf. *As paixões da alma*, parte I, art. 1.: "Considero que tudo que se faz ou acontece de novo é geralmente chamado pelos filósofos uma paixão do ponto de vista do sujeito no qual ocorre, e uma ação do ponto de vista do sujeito que faz que ocorra".

e determinar se há ali uma impossibilidade manifesta. A razão dessa partição no seio das afecções liga-se à natureza do corpo humano e de suas aptidões a agir e a padecer de um grande número de maneiras. É o que se deriva do postulado 1 da *Ética* III: "O corpo humano pode ser afetado de muitas maneiras pelas quais sua potência de agir é aumentada ou diminuída e também de outras que não tornam sua potência de agir nem maior nem menor" (*E* III, postulado 1). Espinosa efetua, portanto, uma triagem no seio das afecções em função de sua incidência sobre a potência de agir do corpo. Para justificar esse axioma, ele se apoia explicitamente sobre o postulado 1 e sobre os lemas 5 e 7 que seguem a proposição 13 da Parte II. O envio ao postulado 1 permite compreender que essa aptidão do corpo a ser afetado, tanto de maneiras que aumentam ou diminuem sua potência de agir quanto de maneiras que nem a aumentam nem a diminuem, é ligado ao fato de que ele "é composto de um grande número de indivíduos (de natureza diversa), cada um dos quais é assaz composto". Logo, sua enorme complexidade explica que o corpo humano esteja disposto a uma multiplicidade indefinida de estados, do mais desfavorável ao mais favorável à sua potência de agir, passando pelos mais neutros e mais indiferentes. Os dois lemas, 5 e 7, corroboram essa análise, mostrando os limites dessa aptidão a ser afetado e definindo a extensão de seu domínio. A partir do momento em que a relação de movimento e repouso que existe entre suas partes é conservada, o indivíduo se presta a um enorme número de modificações, como a de tamanho de suas partes (lema 5) ou de seu movimento (lema 7), mantendo sua natureza. O corpo pode, por conseguinte, passar por todos os estados, desde que sua forma seja preservada. A existência de afecções que não aumentam nem diminuem a potência de agir é tanto mais possível quanto elas não comprometem em nada a potência de agir e não ameaçam de modo algum a forma corporal. O lema 7, aliás, oferece indiretamente exemplos de afecções que não são afetos. "Além disso, um indivíduo assim composto mantém a sua natureza, quer se mova por inteiro, quer esteja em repouso, quer se mova em direção a este ou àquele lado, contanto que cada parte mantenha o seu movimento e que o comunique às outras como dantes." Assim, o fato de que volto meu olhar em direção a meus pés sem intenção particular implica uma afecção do corpo e uma ideia dessa afecção, mas não constitui, porém, um afeto, pois esse gesto é sem efeito sobre minha potência de agir. Esse exemplo, todavia, mostra que a fronteira entre a afecção e o afeto é tênue, pois basta que eu realize o mesmo gesto intencionalmente com vistas a retirar uma farpa do pé para que ele aumente minha potência de agir e se transforme *ipso facto* em afeto.

Nessas condições, é possível perguntar se, no fim das contas, em Espinosa toda afecção não é suscetível de tornar-se um afeto. O caso da admiração é esclarecedor sobre isso, pois, se é apresentada como uma simples afecção, ela pode contudo dar à luz afetos e entrar em sua composição. O afeto de devoção, por exemplo, define-se como "o amor àquele que admiramos" (*E* III, Definições dos afetos, 10). Há portanto passagem da afecção ao afeto, de modo que a fronteira entre os dois não é demarcada de maneira radical e absoluta. Ocorre até que Espinosa assimile indiretamente os dois, já que define não somente a afecção, mas igualmente o afeto como um estado (*constitutio*). No curso da demonstração da proposição 18 da *Ética* III, está de fato em questão "o estado do corpo ou afeto" (*corporis constitutio, seu affectus*), como observa Jean-Marie Beyssade (1999, p. 121).

Essa coincidência não é fortuita, pois é claro que toda afecção do corpo e toda ideia dessa afecção é um afeto, desde que compreendida adequadamente. Uma modificação neutra que é objeto de um conhecimento verdadeiro aumenta minha potência de pensar e, portanto, me enche de alegria. Em teoria, toda afecção, como a admiração por exemplo, uma vez conhecida, reforça minha potência de agir e torna-se de direito um afeto de alegria ou, mais exatamente, de gozo (*gaudium*), enquanto me faz experimentar minha própria virtude. Ao menos é o que Espinosa deixa entender no decorrer do escólio da *Ética* V, 10: "Portanto, quem se aplica em moderar seus afetos e apetites só pelo amor da Liberdade empenha-se, o quanto pode, em conhecer as virtudes e suas verdadeiras causas e em encher o ânimo do gozo (*animum gaudium*) que se origina do verdadeiro conhecimento delas".

Ora, como "não há afecção do corpo de que não possamos formar um conceito claro e distinto" (*E* V, prop. 4), é manifesto que por natureza toda afecção pode de uma maneira ou de outra tornar-se um afeto alegre.[84] Logo, é possível tirar um gozo não somente do conhecimento dos afetos tristes, mas de toda afecção e de todo apetite.

Todavia, à espera de ser conhecida adequadamente ou utilizada para fins úteis ou nocivos, uma afecção é um afeto se e somente se tem um impacto sobre a potência de agir do corpo. O conceito central que permite delimitar a natureza e a esfera de extensão de um afeto é o de *potentia agendi* do corpo. O afeto não tem existência absoluta e independente da potência de agir; ele não é simplesmente relativo a uma causa e a seus efeitos, mas qualifica um tipo de efeitos particulares.

Natureza da potência de agir do corpo

Mas o que é a potência de agir do corpo? Michael Schrijvers (1999, p. 65-65) ressalta que a definição espinosana dos afetos é permeada de confusão, notadamente em razão do fato de que o sentido do conceito de potência de agir não é elucidado e comporta ambiguidades.[85] "*Agere*", em Espinosa,

---

[84] Subscrevemos totalmente as conclusões de Jean-Marie Beyssade (1999, p. 123) a esse respeito: "Every affection of the body is de jure an affect".

[85] "The first confusion lies in the notion of the 'power of acting' itself. It is nowhere defined. What is the meaning of 'acting'? Spinoza employs

possui com efeito um sentido largo e um sentido restrito. Em Espinosa, ele é primeiro empregado no sentido largo de "*sequi*," o que segue da causa. Agir é produzir efeitos, seja como causa total, seja como causa parcial. Nesse caso, a potência de agir engloba tanto as ações quanto as paixões. "*Agere*", em sentido restrito, tal como enunciado na definição 2 da *Ética* III, é produzir efeitos de que se é causa adequada. Neste caso, a potência de agir remete unicamente às ações. "*Agere*" em Espinosa tem portanto um sentido mais largo que "*actio*".

Esse duplo sentido, porém, não é o índice de uma negligência ou de uma confusão; ele está totalmente de acordo com o estatuto ontológico dos modos e permite exprimi-lo. Se, para Deus, agir é sempre produzir ações, não se dá o mesmo para o homem que deve compor com causas exteriores suscetíveis tanto a reforçar como a coibir seus esforços. A potência de agir de uma coisa designa sua perfeição, sua realidade. Eis por que o afeto é frequentemente definido em relação ao conceito de perfeição, na medida em que tem incidências sobre ela, como é o caso, por exemplo, na alegria e na tristeza. O conceito de "*potentia agendi*" exprime a necessidade de produzir efeitos inerentes à natureza das coisas. Todas as coisas são determinadas pela necessidade da natureza divina a existir e a operar de uma certa maneira (*E* I, prop. 29). Assim, conforme a proposição 36 da parte I, "nada existe de cuja natureza não

---

this term as parallel to the broad sense of 'following' (*sequi*), i.e. in the sense of the sequence that connects effects to their causes. Thus in *E* I, p. 36, he affirms that from every existing thing must follow this or that effect. Existing things are acting things. This broad sense of the term 'acting' is specified in *E* III, def. 2 as either a sequence in which an affect follows completely from a cause or a sequence in which the effect follows partially or incompletely. The difficulty here is that the complete and adequate case is also referred to by the term 'to act' (in *E* III, def. 2), so that the same term has both a general and a particular meaning. Similarly, when one reads 'power of acting' in *E* III, def. 3, one cannot know whether it refers to 'acting' in a more general sense or to 'acting' in an adequate manner".

siga algum efeito". A potência de agir é a expressão desta necessidade causal da essência e de sua determinação a fazer tudo que segue de sua natureza. Ela se define como uma força de existir, uma *vis existendi*.[86]

Mas esta força de existir toma nos modos finitos a forma de um esforço, pois ela se afirma resistindo à pressão das causas exteriores. A potência de uma coisa se identifica então a seu *conatus*,[87] seu esforço para perseverar no ser e à sua essência atual ou dada. Nessas condições, ela não pode se definir isoladamente, pois ela está engajada no seio da natureza e modificada por causas exteriores. Eis por que ela não é somente visada em relação à necessidade interna de sua essência, mas em relação à de outras coisas que concorrem com ela. É o que revela a proposição 7 da *Ética* III, em que "a potência de uma coisa qualquer" é assimilada, no decorrer da demonstração, ao "esforço pelo qual, *sozinha ou com outras* (itálicos nossos), ela faz ou se esforça para fazer algo". A potência de agir não é portanto nada outro senão a perfeição ou a realidade de uma coisa, levando em conta as diversas modificações que ela sofre no contato com os modos circundantes. Ela engloba tanto as ações quanto as paixões e implica necessariamente a referência a causas exteriores. Assim, a força das paixões não se mede por nossa potência, mas pela de uma causa exterior comparada à nossa.[88]

---

[86] Espinosa assimila explicitamente os dois conceitos na *Ética* III, no curso da explicação da definição geral dos afetos: a propósito do corpo, ele declara que "sua potência de agir, ou seja, sua força de existir, acha-se aumentada ou diminuída, favorecida ou coibida."

[87] *E* III, prop. 7, dem.: "A potência de uma coisa qualquer, ou seja, o esforço...", "a potência, ou seja, o esforço pelo qual se esforça para perseverar em seu ser".

[88] *E* IV, prop. 5.: "A força e o crescimento de uma paixão qualquer e sua perseverança no existir não são definidos pela potência pela qual nos esforçamos para perseverar no existir, mas pela potência da causa externa comparada à nossa".

Espinosa, porém, efetua uma distinção entre a potência de agir, que recobre tanto as ações quanto as paixões, e a "verdadeira potência de agir", que só compreende as ações. É o que se deduz da proposição 52 da *Ética* IV. "Ora, a verdadeira potência de agir ou virtude do homem é a própria razão." A verdadeira potência de agir repousa, portanto, como seu nome o indica, sobre um conhecimento adequado; ela exclui as paixões e se identifica à virtude, como o afirma a definição 8 da *Ética* IV. "Por virtude e potência entendo o mesmo, isto é (pela prop. 7 da Parte III), a virtude, enquanto se relaciona ao homem, é a essência mesma ou natureza do homem, enquanto ele tem o poder de fazer certas coisas que podem ser compreendidas só pelas leis de sua natureza." A verdadeira potência de agir designa o que deriva das sós leis de nossa natureza. Eis por que "o homem não desejará que se lhe predique nenhuma potência de agir, ou (o que é o mesmo) virtude, que seja própria à natureza de outro e alheia à sua" (*E* III, prop. 55, corol. 2, dem.).

Que dizer então da potência de agir do corpo em particular? Espinosa a analisa correlativamente à da mente no escólio da proposição 13 da *Ética* II e a determina a partir de dois critérios que reproduzem implicitamente a distinção entre "potência de agir" e "verdadeira potência de agir".

> Contudo, digo de maneira geral que quanto mais um Corpo é mais apto do que outros para fazer ou padecer muitas coisas simultaneamente, tanto mais a sua mente é mais apta do que outras para perceber muitas coisas simultaneamente; e quanto mais as ações de um corpo dependem somente dele próprio, e quanto menos outros corpos concorrem com ele para agir, tanto mais apta é a sua mente para inteligir distintamente.

A potência de agir é primeiro apresentada como uma aptidão para agir e padecer de várias maneiras simultâneas; ela inclui assim tanto os efeitos de que o corpo é causa adequada, total, quanto aqueles de que ele é causa inadequada, parcial. Cumpre notar que a aptidão a padecer figura entre os critérios que permitem determinar em que um corpo supera um outro e contém mais realidade. A passividade não é portanto por natureza manchada de negatividade, pois um corpo que pode padecer de maneira variada tem mais aptidão que um corpo que padece de poucas maneiras. A passividade é em realidade sempre uma atividade parcial, pois, embora causa inadequada, o corpo contribui para a produção de efeitos com o concurso de causas exteriores. É por isso que ela é integrada à potência de agir. Logo, não há oposição entre ação e paixão. Todo o problema consiste em aumentar a parte ativa do corpo na produção dos efeitos. É por isso que sua potência se mede pela proporção de atividade que entra na realização de uma coisa.

O segundo critério que determina a potência de agir é assim a aptidão maior ou menor para produzir efeitos que dependam do corpo sozinho sem o concurso de causas exteriores. Essa aptidão é tanto maior quanto o corpo é causa adequada. Ora, se se crê nos postulados 3 e 6 que seguem a proposição 13 da *Ética* II, essa potência de agir do corpo humano se manifesta essencialmente por uma aptidão a ser afetado de um bem grande número de maneiras pelos corpos exteriores e a afetá-los movendo-os e dispondo-os de maneira extremamente variada. Eis por que compreender a potência de agir e medir sua extensão é necessariamente compreender os afetos e suas forças.

O afeto, com efeito, relata a história da *potentia agendi* e descreve a maneira como ela é modificada, seja porque ela afirma as consequências contidas na essência da coisa, seja porque varia em função do estado do corpo, das causas exteriores, das resistências encontradas e dos favorecimentos trazidos. A esfera do afeto engloba todas as variações dessa potência, as passagens e as transições entre a afirmação de uma maior ou menor realidade. O afeto, notadamente quando ele é uma paixão, manifesta a diferença entre uma potência de agir, tomada como aptidão, e sua existência atual, enquanto ela envolve uma negação, visto que o homem é só uma parte da natureza. Ela exprime a relação diferencial entre Deus enquanto constitui nossa mente e Deus enquanto constitui a natureza de outras coisas. Essa história da potência de agir desposa quatro figuras principais que se trata agora de examinar de maneira mais detalhada, na medida em que elas permitem delimitar a esfera do afeto e distingui-la da esfera da afecção.

Os quatro tipos de afetos

– É um afeto, em primeiro lugar, uma afecção que aumenta (*augetur*) a potência de agir do corpo. O afeto exprime nesse caso um crescimento de perfeição. A alegria, por exemplo, enquanto é "a passagem do homem de uma menor perfeição a uma maior" (*E* III, Definições dos afetos, 2), recai nesta primeira categoria e parece o protótipo por excelência do afeto primitivo que aumenta a *potentia agendi*.

– É um afeto, em segundo lugar, uma afecção que diminui (*minuitur*) a potência de agir do corpo. O afeto, nesse caso, corresponde a um apequenamento de nossa perfeição. A tristeza, enquanto é "a passagem do homem de uma maior perfeição a uma menor" (*E* III, Definições dos afetos, 2), parece a ilustração mesma desta segunda categoria de afetos e é, assim, simétrica à alegria.

Esse primeiro par de contrários não coloca problema maior; ele traduz modificações quantitativas da potência de agir e das variações de seu grau de realidade. Espinosa deixa entender isso sem ambiguidade no decorrer da definição geral dos afetos, embora sua proposta concerna à potência da mente. "Portanto, quando disse acima que a potência de pensar da Mente é aumentada ou diminuída, não quis entender nada outro senão que a Mente formou uma ideia de seu Corpo, ou de uma de suas partes, que exprime mais ou menos realidade do que ela afirmara de seu Corpo" (*E* III, *Definição geral dos afetos*, expl.).

– É um afeto, em terceiro lugar, uma afecção que ajuda (*juvatur*) a potência de agir. O verbo "*juvare*" pode traduzir-se por "ajudar", "favorecer", "assistir" e remete à ideia de uma causa adjuvante favorável à potência de agir.

– É um afeto, em último lugar, uma afecção que coíbe (*coercetur*) a potência de agir. O verbo "*coercere*", que significa "encerrar", "conter", "coibir", sugere a ideia de um constrangimento e subentende a existência de uma causa de impedimento que amarra a potência de agir e a mantém em certos limites. "*Coercere*" é igualmente o termo que Espinosa emprega para qualificar a atividade da razão enquanto ela se opõe aos afetos. A *Ética* V se propõe assim a determinar a potência da razão e "mostrar qual é a força e a natureza do império que ela tem para coibir e moderar (*coercendum et moderandum*) os afetos" (*EV*, pref.).[89]

Se "*coercere*" pode revestir um sentido largo, cumpre contudo banir a tradução de Appuhn por "*réduire* (reduzir)", pois ela subentende uma diminuição da potência de agir que não é sistematicamente contida nesse verbo. Este implica, é verdade, uma limitação, mas ela não toma necessariamente a forma de uma amputação ou de um apequenamento. Em contrapartida, a tradução de "*coercere*" por "conter" pode convir: "impedir", como Pierre Macherey propõe ser melhor; "amarrar" parece igualmente bem adaptado ao conceito de potência.

O segundo par de contrários suscita mais interrogações que o primeiro, pois parece ser simétrico a ele de maneira puramente retórica e redundante, de modo que a maior parte dos comentadores considera implicitamente essa precisão como uma simples retomada destinada a amplificar a primeira formulação, e por isso eles se calam sobre ela. A questão que se coloca, porém, é a de saber se se trata de um puro efeito

---

[89] Espinosa já tinha empregado esta expressão no prefácio da parte IV para definir a servidão como "a impotência humana para moderar e coibir os afetos (*moderandis et coercendis affectibus*)".

de estilo ou se existe, ao contrário, uma diferença real entre aumentar e ajudar, de um lado, e diminuir e coibir, de outro. A ajuda e a coibição traduzem igualmente variações de perfeição e se remetem a formas de aumento e de diminuição, ou possuem uma especificidade irredutível?

Quanto a isso, cumpre observar primeiramente que Espinosa reitera essa formulação dupla ao longo de toda a Parte III,[90] de modo que é pouco provável que ela se reduza a uma simples forma de insistência. Cumpre notar, em segundo lugar, que, quando o autor só menciona um dos pares de contrários, é de preferência ao segundo que ele se refere, de modo que as afecções que ajudam ou coíbem não constituem epifenômenos, mas ocupam o primeiro plano, a ponto de ocultar aquelas que aumentam ou diminuem a potência de agir do corpo.[91] Cumpre notar, enfim, que as afecções que

---

[90] *E* III, prop. 11; *E* III, prop. 12 e 13, *E* III, prop. 37, demonstração; *E* III, prop. 57, demonstração; *E* III, prop., *Definição geral dos afetos*; *E* IV, prop. 8, dem.; *E* IV, prop. 18, dem.; *E* IV, 29, dem.; *E* IV, prop. 41, dem.; *E* IV, prop. 42, dem.; *E* IV, prop. 59, dem.

[91] As ocorrências dos verbos "aumentar" e "diminuir" empregados seja em conjunto, seja separadamente a propósito das afecções, sem ser seguidos dos verbos "ajudar" ou "contrariar", são pouco frequentes e se limitam a aproximadamente uma dezena: – "Aumentar" e "diminuir" em conjunto: *E* III, prop. 15; *E* III, *Definição geral dos afetos*, expl.; *E* IV, prop. 1, esc.; *E* IV, prop. 7, dem. "Aumentar" sozinho: *E* III, prop. 43; *E* IV, prop. 46; – "Diminuir" sozinho: *E* III, prop. 48, dem. Por outro lado, as ocorrências de "ajudar" e sobretudo de "coibir" que não são precedidas de "aumentar" ou "diminuir" são bem mais frequentes: "ajudar" e "coibir", em conjunto: *E* IV, prop. 29, dem.; – "Ajudar": *E* III, prop. 19, dem.; *E* III, prop. 20, dem.; *E* III, prop. 21, dem.; *E* III, prop. 34, dem.; *E* III, prop. 44, dem.; *E* IV, prop. 51, *doutra maneira*; *E* IV, prop. 53, dem.; *E* IV, cap. 7; *E* IV, cap. 30; – "Coibir": *E* III, prop. 19, dem.; *E* III, prop. 23, dem.; *E* III, prop. 35, dem.; *E* III, prop. 38, dem.; *E* III, prop. 55, dem.; *E* III, prop. 55, corol., dem.; *E* III, *Definição dos afetos* 41; *E* III, *Definição dos afetos* 42; *E* IV, prop. 7, dem.; *E* IV, prop. 15 e dem.; *E* IV, prop. 16 e dem.; *E* IV, prop. 17; *E* IV, prop. 29 e dem.; *E* IV, prop. 37, esc. 2; *E* IV, prop. 43, dem.; *E* IV, prop. 47, dem.; *E* IV, prop. 53, dem.; *E* IV, prop. 60, dem.; *E* IV, 62, esc.; *E* IV, prop. 59, dem.; *E* V, pref.; *E* V, prop. 7, dem.; *E* V, prop. 10, esc.; *E* V, prop. 42, dem.

ajudam ou coíbem a potência de agir exprimem também elas a passagem de uma menor a uma maior perfeição ou, inversamente, de uma maior a uma menor, pois fazem nascer afetos respectivamente de alegria e de tristeza. É o que resulta notadamente da demonstração da proposição 19 da *Ética* III:

> As imagens das coisas que põem a existência da coisa amada ajudam o esforço da Mente pelo qual ela se esforça para imaginar a coisa amada, isto é (pelo esc. da prop. 11 desta parte), afetam de Alegria a Mente; e as que, ao contrário, excluem a existência da coisa amada coíbem o mesmo esforço da Mente, isto é (pelo mesmo esc.), afetam a Mente de Tristeza.

Essa afirmação não é uma fórmula isolada e fortuita, pois Espinosa define regularmente a alegria como o que aumenta ou ajuda a potência de agir do corpo e a tristeza como o que a diminui ou coíbe, no curso da demonstração da proposição 41 da *Ética* IV: "A alegria (pela prop. 11 da Parte III, com seu esc.) é um afeto pelo qual a potência de agir do corpo é aumentada; a Tristeza, ao contrário, é um afeto pelo qual a potência de agir do corpo é diminuída ou coibida"[92]. De maneira geral, as afecções que aumentam ou ajudam a potência de agir são assimiladas a um bem – em outras palavras, "ao que sabemos certamente nos ser útil" (*E* IV, def. 1) –, e as afecções que diminuem ou coíbem, a um mal.[93]

Esse estado de fato acarreta duas consequências. Primeiramente, supondo que as afecções que ajudam ou coíbem não aumentam nem diminuem a potência de agir, elas devem contudo possuir um impacto sobre ela, ser-lhe úteis ou nocivas e fazer variar sua perfeição de uma maneira ou de

---

[92] Cf. igualmente Ética III, prop. 37, dem.: "A tristeza diminui ou coíbe a potência de agir do homem."

[93] E IV, prop. 29: "Chamamos bem ou mal o que é causa de alegria ou de tristeza [...], isto é [...], o que aumenta ou diminui, ajuda ou coíbe nossa potência de agir."

outra. Para que a ajuda e a coibição possam merecer o nome de "afeto" e distinguir-se dos estados que permanecem como simples afecções, eles devem produzir efeitos que modifiquem alegremente ou tristemente a potência de agir. Eles derivam, portanto, de uma categoria de afecções intermediárias entre os estados que aumentam ou diminuem a potência de agir e os que são indiferentes e neutros.

Em segundo lugar, se as afecções que ajudam ou coíbem a potência de agir não se reduzem às que a aumentam ou diminuem, elas não são todavia de natureza essencialmente dessemelhante, pois se reconduzem à alegria ou à tristeza e exprimem uma passagem para uma maior ou uma menor perfeição. Os afetos, por conseguinte, são todos por natureza estados de transição da potência. Existe então necessariamente uma continuidade entre a ajuda e o aumento, o impedimento e a diminuição. Se seus efeitos são diferentes, eles não são divergentes.

Põe-se todavia a questão de saber se o afeto implica sempre uma variação da potência, uma transição, notadamente quando a atividade é tal que nada poderia vir a coibi-la. Com efeito, quando somos causa adequada dos afetos, exprimimos uma perfeição maior, graças ao desenvolvimento interno de nossa potência de agir, e reforçamos nosso poder de encadear as afecções do corpo segundo uma ordem para o entendimento, reportando-as à ideia de Deus, de modo que seremos afetados de amor a ele (*EV*, prop. 39, dem.). Põe-se então o problema do limiar. Se a alegria ativa, enquanto exprime a passagem de uma menor a uma maior perfeição, é inegavelmente um afeto, o que dizer da beatitude que, enquanto a própria perfeição, não parece mais admitir transição? Apresentada como virtude (*EV*, prop. 42), a beatitude consiste, de fato, "em um amor constante e eterno a Deus" (*EV*, prop. 36, esc.), mas é ainda um afeto?

Opondo-se às teses de Weltlesen (1979, p. 103), Michael Scrijvers (1999, p. 77-78) estima que a beatitude é um afeto pois ela implica ainda uma transição. No caso da alegria ativa, a transição consiste em uma adição de ideias adequadas, que é conectada na existência atual com o desenvolvimento de ideias inadequadas que funcionam como uma ocasião que suscita as primeiras. Uma transição similar deve intervir no caso da beatitude, pois o ato de entrada na posse dessa perfeição não triunfa sem dificuldades.[94]

Para esclarecer o debate, cumpre observar que Espinosa não assimila estritamente a beatitude ao amor intelectual de Deus, mas ao amor a Deus, seja ele apresentado como constante e eterno, no escólio da *Ética* V, 36, ou como simples *amor erga Deum*, no início da demonstração da *Ética* V, 42. Essa constatação implica que a beatitude reveste alternadamente a forma do *amor erga Deum*, quando é referida à mente e ao corpo que existem atualmente, ou a forma do amor intelectual de Deus, quando é referida só à mente. No primeiro caso, ela se caracteriza por sua constância; no segundo, por sua eternidade. É manifestamente porque ela engloba simultaneamente o *amor erga Deum* e o *amor intellectualis Deum* que a beatitude é qualificada de amor constante e eterno a Deus. Esses dois adjetivos, que poderiam parecer redundantes, de fato não remetem à mesma coisa. Um se aplica ao amor de

---

[94] "Nevertheless in case of *beatitudo*, there is also – necessarily – a 'transition'; otherwise it would lose all its affective significance, which it unquestionably has. This can be explained as follows. In the case of an active joy, the transition consists in an addition of adequate ideas, which, in actual existence, is connected with development of inadequate ideas that function as the occasion for provoking the former. A similar transition must occur in the case of *beatitude*. Spinoza's qualification of *beatitudo* as the very possession of perfection (rather than a transition towards perfection) does not exclude, by definition, *all transition*, as Weltlesen wrongly believes. The notion is still valid here because the act of entering in possession of this perfection, under the specific conditions of actuality, does not succeed – as Spinoza himself remarks – without a great deal of difficulty (*EV*, 42 s.)."

Deus referido à mente e ao corpo, o outro ao amor de Deus referido só à mente. A questão de saber se a beatitude é um afeto comporta, portanto, dois aspectos e talvez requeira tratamentos diferentes conforme se trate do *amor erga Deum* ou do *amor intellectualis*. É claro que o amor a Deus é um afeto. Espinosa o afirma abertamente no escólio da proposição 20 da *Ética*V: "Podemos concluir que esse amor a Deus é o mais constante de todos os afetos, e que, enquanto se refere ao corpo, só pode ser destruído com o próprio corpo". A beatitude, enquanto amor a Deus, admite transições da potência de agir, não somente porque cessa com a morte, mas porque é suscetível de um crescimento proporcional às aptidões corporais e à grandeza da parte eterna da mente. Assim, "quanto mais a mente goza desse amor divino ou beatitude, tanto mais ela intelige, isto é, tanto maior é a potência que ela tem sobre os afetos e tanto menos ela padece os afetos que são maus" (*EV*, prop. 42, dem.). Por outro lado, o amor intelectual de Deus, enquanto se refere só à mente, não põe em jogo afecções do corpo e não parece suscetível de variações, pois não se choca com nenhum afeto mau. Com efeito, "é apenas na duração do corpo que a mente está submetida aos afetos que se referem às paixões" (*EV*, prop. 34). Quando Espinosa analisa o amor intelectual, ele nunca emprega a palavra "afeto" a seu respeito. Entretanto, o amor intelectual de Deus é assimilado a uma ação no curso da demonstração da *Ética*V, 31, de modo que ele necessariamente faz parte da categoria dos afetos de que somos causa adequada. Ele se define como uma ação que não aumenta a perfeição, mas que é a própria perfeição. Ele manifesta assim, no ponto mais alto, a potência de agir e o dinamismo do entendimento que intelige.

Dadas essas observações, trata-se então de analisar precisamente o estatuto dessas afecções que ajudam ou coíbem e de determinar as razões pelas quais Espinosa engloba em sua definição dos afetos quatro tipos de modificações da potência de agir, em vez de limitar-se unicamente ao aumento e à diminuição. A que podem remeter afecções que são afetos, embora não aumentem nem diminuam a potência de agir?

Um primeiro elemento de resposta figura na proposição 15 da *Ética* III, que examina o caso da "mente afetada por dois afetos simultaneamente, um que não aumenta nem diminui sua potência de agir e o outro que a aumenta ou a diminui". Quando, ulteriormente, a mente

> [...] vier a ser afetada pelo primeiro como por sua verdadeira causa, a qual (por hipótese) por si mesma não aumenta nem diminui sua potência de pensar, ela será imediatamente afetada também pelo outro, que aumenta ou diminui sua potência de pensar, isto é (pelo escólio da proposição 11 desta parte), por alegria ou tristeza; e por conseguinte essa coisa será, não por si, mas por acidente, causa de alegria ou de tristeza.

Nessas condições, não é possível considerar que uma coisa, que é por acidente causa de alegria ou de tristeza, seja em virtude de uma associação de ideias, seja em virtude de uma semelhança com um objeto que afeta habitualmente a mente de um ou outro desses sentimentos, favoreça ou coíba a potência de agir? Por definição, com efeito, nem a aumenta, nem a diminui; entretanto a apoia ou contém, fazendo nascer acidentalmente os afetos que aumentam ou reduzem essa potência.

Essa hipótese é plausível, pois ela corresponde totalmente ao caso de afecções que, por si mesmas, não aumentam nem diminuem a potência de agir, mesmo tendo um impacto indireto sobre ela, e que recaem portanto no quadro definido para fazer parte do que ajuda ou coíbe. É forçoso reconhecer, porém, que Espinosa não emprega expressamente os verbos "*juvare*" ou "*coercere*" para qualificar esse caso exemplar. Eis por que, para evitar interpretações contestáveis, é necessário levar em conta unicamente as ocorrências destes verbos aplicados expressamente à potência de agir e de se basear nelas para poder derivar sua significação exata e identificar claramente os afetos concernidos.

A hipótese por vezes lançada para explicar a presença do segundo par de contrários na definição dos afetos consiste em pensar que as afecções que ajudam a potência de agir do corpo são aquelas que se opõem a forças contrárias a ela e que as que a coíbem são as que se opõem a forças que lhe são favoráveis.[95] Essas afecções não aumentam nem diminuem a potência de agir, elas só fazem neutralizar as forças contrárias ou favoráveis, anulando seus efeitos. O ajuda e a contrariedade se traduziriam por um aumento ou uma diminuição se as forças que se opõem à potência de agir viessem a desaparecer. Entrementes, a ajuda favoreceria a potência de agir, sem contudo aumentá-la, e a contrariedade a impediria, sem contudo diminuí-la. Nessas condições, a ajuda seria apenas uma forma positiva de contrariedade e se reduziria à resistência que a potência de agir opõe às afecções hostis, contendo-as. A distinção entre a ajuda e o aumento, de um lado, a contrariedade e a diminuição, de outro, não repousaria sobre uma diferença de natureza, mas sobre uma diferença de grau. A ajuda e a contrariedade constituiriam assim o grau zero do aumento e da diminuição, na medida em que iniciam uma mudança qualitativa da potência que não se manifesta (ou não ainda) por uma variação quantitativa em razão de circunstâncias contrárias.

Por coerente que seja, tal hipótese permite dar razão de um certo número de casos de ajuda e impedimento, mas não poderia explicá-los todos. Com efeito, se é claro que Espinosa pode pensar a contrariedade como uma forma positiva de oposição a uma força nociva à potência de agir, quando sustenta, por exemplo, que é preciso uma virtude da alma tão grande para contrariar a coragem cega quanto o medo (*E* IV, prop. 69, dem.); é menos evidente, por outro lado, que considere toda ajuda dessa maneira e que a reduza sistematicamente ao esforço

---

[95] Essa hipótese é notadamente a defendida por Pascal Sévérac em sua tese, *Le devenir actif chez Spinoza*.

para obstar um mal. No capítulo 7 da *Ética* IV, ele a apresenta, ao contrário, como uma força positiva fundada sobre a conveniência de natureza, que se manifesta independentemente da existência de obstáculos: "Se ele se encontra entre indivíduos tais que convêm com a natureza desse homem, por isso mesmo esse homem verá sua potência de agir ajudada (*juvabitur*) e alimentada". Nessas condições, parece difícil admitir que Espinosa conceba a ajuda como simples força de oposição, visto que ela manifesta um acordo efetivo das potências que não se reduz a uma resistência. Eis por que é necessário definir mais precisamente a ajuda e a contrariedade, a fim de poder medir, em seguida, sua incidência sobre a potência de agir.

Ajudar e aumentar

Resulta do capítulo 7 da *Ética* IV que a ajuda repousa sobre uma relação de conveniência (*convenientia*) entre as coisas e testemunha uma concordância da natureza delas. Ela pressupõe, portanto, a presença de características comuns aos indivíduos. É verdade que essa observação vale, em uma certa medida, para todos os afetos. Sua condição de possibilidade reside, com efeito, na existência de um mínimo de propriedades comuns às potências de agir das coisas, sem a qual elas não poderiam afetar-se umas às outras. Espinosa o evidencia claramente na proposição 29 da *Ética* IV: "Uma coisa singular qualquer, cuja natureza é inteiramente diferente da nossa, não pode nem ajudar nem coibir nossa potência de agir". Porém, enquanto o que coíbe se opõe a nossa potência de agir e possui poucas coisas em comum com ela, o que ajuda, ao contrário, tanto mais a favorece quanto mais partilha propriedades com ela. Eis por que a ajuda atinge seu pico quando ela exprime fundamentalmente uma conveniência de natureza. A *convenientia* não deve, entretanto, ser confundida com uma simples coleção de propriedades comuns. Mais que uma comunidade de natureza, ela exprime uma natureza comum. Igualmente, as afecções que ajudam a potência de agir devem ser procuradas do lado dos indivíduos humanos racionais. Espinosa afirma, com efeito, no capítulo 9 da *Ética* IV, que "nada pode convir mais com a natureza de uma coisa do que os indivíduos de mesma espécie, e por conseguinte (pelo capítulo 7) não há nada mais útil ao homem para conservar seu ser e gozar da vida racional, do que o homem conduzido pela razão". A ajuda máxima, portanto, é trazida pelos afetos ativos de desejo e alegria e engloba de uma maneira geral as afecções úteis a nossa potência.

Essa conclusão, todavia, vale igualmente e com mais forte razão para as afecções que aumentam a potência de agir. Nessas condições, no que a ajuda se distingue do acréscimo? Para compreendê-lo, é preciso examinar as condições de aumento de uma coisa, tais como se extraem da proposição 43 da *Ética* IV, em que Espinosa afirma que "o ódio é aumentado pelo ódio recíproco, e, inversamente, o amor pode destruí-lo". No curso da demonstração, ele justifica esse mecanismo de aumento – que poderia aplicar-se tanto ao amor quanto a outros afetos – pelo nascimento de um novo ódio enquanto o outro ainda dura. À quantidade de ódio inicial contra a coisa execrada vem somar-se à tristeza ligada ao fato de que essa coisa nos odeia em retribuição. Ora, essa tristeza é acompanhada, por definição, de um ódio pela causa que a ocasiona, ódio segundo que vem engrossar o primeiro afeto hostil. A partir daí, é possível deduzir que uma afecção aumenta a potência de agir quando ela vem acrescentar-se a um estado de alegria prévio, idêntico a ela. Nesse caso, a passagem de uma menor a uma maior perfeição se traduz por um acréscimo quantitativo da alegria.

Uma afecção ajuda a potência de agir quando ela faz nascer uma alegria que não se superpõe a um estado de mesma natureza que ela, seja porque é contrário, seja porque é diferente. No primeiro caso, a passagem de uma menor a uma maior perfeição não se manifesta por um acréscimo; ela exprime a interrupção dada a um estado inicial de diminuição ou estagnação da potência de agir. A afecção inicia uma mudança de perspectiva, uma reorientação do *conatus* para a alegria. Ela não aumenta a potência de agir, ela a favorece obstando os afetos tristes. A ajuda não toma a forma do cúmulo de potência, e sim do recuo da impotência. No segundo caso, a alegria nascida da alegria não se adiciona à da potência de agir e não acrescenta quantitativamente sua perfeição. Assim, a constatação da conveniência de natureza entre os indivíduos torna-os alegres e constitui uma ajuda, mas não desemboca em um aumento intrínseco da potência de agir própria de cada um, pois ela permanece a mesma e não é ampliada por essa simples constatação. A similitude lhe dá mais latitude, mas não redobra sua amplitude. Entretanto, dado que a potência de agir de uma coisa designa "o esforço pelo qual, sozinha ou com outras, ela faz ou se esforça para fazer algo" (*E* III, prop. 7, dem.), é claro que a conveniência de natureza favorece a união das forças e o concurso dos indivíduos para que eles possam produzir em conjunto efeitos que um só jamais poderia realizar. É verdade que, de maneira extrínseca, não é falso dizer, do ponto de vista dos efeitos, que a potência de agir de cada um é maior quando os homens se prestam concurso. Contudo não há aí um aumento intrínseco da perfeição de cada um, pois seu poder é simplesmente reforçado, apoiado por causas adjuvantes. Por conseguinte, a ajuda em Espinosa não se reduz a uma simples afecção que se opõe a forças contrárias ao *conatus*, ela exprime o impacto positivo sobre a potência de agir das causas exteriores que convêm com ela em natureza.

Diminuir e coibir

Que ela ataque a potência de agir, os afetos passivos[96] ou um desejo nascido do conhecimento do bem e do mal,[97]

---

[96] *E* IV, prop. 62, esc.: É nesse sentido que o verbo "coibir" é empregado, por exemplo, na *E* V, prop. 42, demonstração: "não é porque se coibiu aos afetos que se goza da beatitude; mas ao contrário é o poder de coibir os afetos que nasce da própria beatitude".

[97] "Um desejo que nasce deste conhecimento do bem e do mal, enquanto diz respeito ao futuro, é mais fácil de coibir que um desejo pelas coisas presentemente agradáveis".

a afecção que coíbe exprime sempre, em troca, uma relação de oposição, a despeito de uma necessária comunidade mínima de natureza, e implica a existência de uma força não somente contrária, mas superior. É o que demonstra a proposição 7 da *Ética* IV: "um afeto só pode ser coibido (*coercei*) ou suprimido por um afeto contrário e mais forte que o afeto a coibir". A contrariedade requer, portanto, uma força que prevalece sobre o estado atual da potência de agir[98] e o modifica em um sentido desfavorável. Essa condição, todavia, se aplica igualmente a toda afecção que diminui a potência de agir. O que coíbe se distingue, porém, do que diminui, pois reprime, mas não suprime a potência à qual se opõe. Ele impede a produção de todos os efeitos, suspende-os, sem todavia destruí-los. Assim, a tristeza com a qual contemplamos uma coisa execrada é uma "determinação que, enquanto dura a imagem da coisa, é certamente coibida (*coercetur*) pela lembrança das coisas que excluem sua existência, mas não suprimida por ela" (*E* III, prop. 47, esc.).

A diminuição, por outro lado, é acompanhada de uma supressão total ou parcial. É o que deriva da proposição 48 da *Ética* III, em que Espinosa demonstra que o amor e o ódio por Pedro, por exemplo, são destruídos se a alegria e a tristeza que eles envolvem são reunidas à ideia de uma outra causa e diminuídos se imaginamos que Pedro não foi a única causa. A intensidade do afeto a respeito de Pedro é proporcional à parte que imaginamos que ele toma na constituição delas. Logo, ele é função da razão que temos de imputar sua origem total ou parcial a Pedro. "E portanto que venha a ser suprimida essa razão, inteira ou em parte, o afeto para com Pedro também é diminuído inteiramente ou em parte." A diminuição de

---

[98] Essa prevalência da força que coíbe é igualmente posta em evidência na demonstração da proposição 60 da *Ética* IV, em que Espinosa visa o caso da "parte A a tal ponto coibida que todas as outras prevalecem sobre ela".

potência varia, por conseguinte, entre dois limites, um limite máximo, quando ela é total e equivale a uma supressão, e um limite mínimo, quando o decréscimo mal se inicia. Ela toma a forma de uma acomodação, de uma adaptação à força que se opõe, ao ponto de ser-lhe cada vez menos contrária. A supressão de um afeto supõe sua redução ao afeto contrário, de modo que eles terminem por convir.[99]

Uma afecção que coíbe um estado da potência de agir não o aniquila, ela contrabalança seus efeitos, seja suspendendo-os, seja temperando-os. No primeiro caso, a contrariedade desemboca em um equilíbrio das forças contrárias e pode engendrar uma flutuação da alma tal que paralise a ação. É o que resulta, por exemplo, da admiração. "Se o desejo de evitar um mal futuro é coibido pelo temor de um outro mal, de modo que não se saiba o que se prefere, então o medo é chamado consternação, sobretudo se ambos os males de que se tem medo são dos maiores" (*E* III, prop. 39, esc.). No segundo caso, a afecção que coíbe possui um efeito moderador. Assim, a dor pode ser boa na medida em que vem coibir a carícia (*titilatio*) e corrigir o que ela tem de excessivo (*E* IV, prop. 58, dem.). Ela não suprime a espécie de alegria ligada à carícia, mas a tempera atraindo a atenção sobre o fato de que uma parte do corpo é afetada em detrimento das outras e incita por conseguinte à moderação. Assim se explica a associação de "*coercere*" e "*moderare*" para descrever a força da razão face aos afetos (*E* V, pref.).

Ao término dessa elucidação sobre a natureza da ajuda e do impedimento, é preciso notar que a passagem de uma menor

---

[99] É o que é posto em evidência notadamente pela demonstração da proposição 7 da *Ética* V, que trata da potência de um afeto nascido da razão: "Um tal afeto continua sempre o mesmo, e por conseguinte (pelo axioma 1 desta parte) os afetos que lhe são contrários e que não alimentam suas causas exteriores deverão adaptar-se mais e mais, até que eles não sejam mais contrários, e nisso o afeto que nasce da razão é o mais potente".

a uma maior perfeição ou de uma maior a uma menor não se traduz sistematicamente por um aumento ou uma diminuição quantitativa da potência de agir. Com efeito, se a ajuda acarreta uma melhoria da eficácia própria a cada um, graças à união das forças, ela não toma necessariamente a forma de um crescimento. Essa observação permite elucidar a significação do conceito de passagem (*transitio*) em Espinosa e de esclarecer, em troca, a natureza da alegria e da tristeza, rapidamente assimiladas a aumentos ou diminuições de potência. A passagem de um grau de perfeição a outro é um ato que não se mede em termos somente de quantidade, mas também de qualidade. Resta a determinar a natureza exata dessa transição que as afecções que ajudam e que coíbem operam no seio da potência e a definir precisamente os afetos que recaem nesta categoria.

O exame dos textos em que figuram literalmente os termos discutidos[100] revela que, de maneira geral, aquilo que ajuda ou coíbe liga-se às repercussões das variações da potência das coisas e de outrem sobre minha própria potência e coloca em jogo tanto as relações à coisa amada e à execrada quanto as que concernem a outrem como semelhante de uma maneira mais geral. Essas afecções são consecutivas ao aumento ou à diminuição reais ou imaginários da potência das coisas amadas, odiadas ou semelhantes e exprimem suas consequências indiretas sobre nós. Assim se explica que a ajuda ou o impedimento não aumentem nem diminuam nossa potência de agir, pois eles não se ligam a ela e fundamentalmente não a repõem em causa, mas tocam na de outrem, tendo efeitos colaterais para nós. A partir do recenseamento das ocorrências dos verbos, é possível, com efeito, distinguir cinco grandes tipos de afecções que ajudam ou coíbem.

1) Em primeiro lugar, o que ajuda é o que se opõe à destruição da coisa amada ou à conservação da coisa execrada.

---

[100] Ver anteriormente o recenseamento das ocorrências dos verbos "ajudar" e "coibir".

Assim, as imagens das coisas que põem a existência da coisa amada ajudam (*juvant*) o esforço da mente pelo qual ela se esforça para imaginar a coisa amada, isto é (pelo escólio da proposição 11 desta parte), afetam de alegria a mente" (*E* III, prop. 19). De maneira inversa, "a imagem de uma coisa que exclui a existência daquilo que a mente odeia ajuda (*juvat*) este esforço da mente" (*E* III, prop. 20). Este tipo de afecção remete a uma espécie de alegria que nasce seja da alegria da coisa amada, seja da tristeza da coisa execrada. A imagem da coisa amada exultante não aumenta minha potência de agir, visto que se trata da alegria de outrem. Contudo ela ajuda meu esforço, pois afirma mais ainda a existência da coisa amada, visto que esta passa a uma maior perfeição e, em troca, me enche de alegria.[101] Da mesma maneira, a imagem da tristeza da coisa execrada ajuda meu esforço, pois ela tende a enfraquecer a existência daquilo que eu abomino, sem contudo aumentar minha realidade. Eis por que "quem imagina afetado de tristeza aquele a quem odeia, será alegre" (*E* III, prop. 23). Simetricamente, o que coíbe a potência de agir é o que se opõe à conservação da coisa amada ou à destruição da coisa execrada. Se "a imaginação é ajudada (*juvatur*) pelo que põe a existência da coisa amada", ela é, por outro lado, "coibida (*coercetur*) pelo que exclui sua existência" (*E* III, prop. 19, dem.). Assim, a imagem da tristeza da coisa amada coíbe minha potência de agir, de modo que experimento uma forma de piedade. Se o afeto de alegria que nasce da felicidade de outrem não tem nome para Espinosa,[102] em compensação o afeto de tristeza ligado à miséria de outrem não é senão a piedade (*comiseratio*) (*E* III, prop. 22, esc.). A comiseração figura, portanto, no quadro das afecções que contêm a potência de

---

[101] *E* III, prop. 21, dem.: "A imagem da alegria da coisa amada ajuda (*juvat*) no amante o esforço de sua mente, isto é, afeta de alegria ao amante."

[102] *E* III, prop. 22, esc.: "Mas por qual nome chamar a alegria que nasce da felicidade de outrem, não sei."

agir, sem todavia diminuí-la, pois ela não atesta nossa própria miséria, mas a de outrem.

Da mesma maneira, a imagem da alegria da coisa execrada nos coíbe. "Se alguém imagina àquele a quem odeia afetado de alegria, essa imaginação [...] coibirá (*coercibit*) seu esforço" (*E* III, prop. 23, dem.). Esse sentimento corresponde a uma espécie de inveja (*invidia*) que "não é nada outro que o próprio ódio enquanto se considera que dispõe o homem a regozijar-se com o mal de outrem e, inversamente, a entristecer-se com a felicidade dele" (*E* III, prop. 24, esc.). A inveja é explicitamente apresentada como um afeto que coíbe a potência de agir na demonstração do segundo corolário da proposição 55 da *Ética* III. "A inveja é o próprio ódio [...], ou seja, uma tristeza, isto é [...], uma afecção pela qual a potência de agir ou esforço do homem se vê coibido (*coercetur*)." A assimilação desse sentimento a uma afecção contrária ao *conatus* é contudo em parte problemática, pois pareceria que a inveja, na medida em que ela incita a regozijar-se do mal de outrem, ajuda nosso esforço, quando odiamos a vítima. Em realidade, a inveja não ajuda, porque a alegria experimentada diante da visão dos males de um ser execrado não é sólida; ela implica sempre uma flutuação da alma e permanece manchada de tristeza, visto que o outro é meu semelhante.[103] Ora, conforme a proposição 27 da *Ética* III, a imaginação de uma tristeza afetando uma coisa semelhante me torna triste. Isso permite compreender, em compensação, que a piedade possa estender-se a todos os seres semelhantes, e não somente à coisa amada, e que a visão da miséria de outrem nos afete de tristeza e coíba nosso esforço.

2) Em segundo lugar, a imagem da alegria de que a coisa amada é afetada por nossa causa ajuda nosso esforço. "Quanto mais imaginamos que é grande a alegria de que a

---

[103] É o que se extrai do escólio da proposição 33 da *Ética* III.

coisa amada é afetada por nossa causa, tanto mais esse esforço é ajudado, isto é (pela proposição 11 dessa parte com seu escólio), tanto maior é a alegria de que somos afetados" (*E* III, prop. 24, dem.). Essa alegria com a qual nos contemplamos não é outra coisa senão uma espécie particular da glória que nasce do fato de o homem crer-se louvado pelo ser amado (*E* III, prop. 30, esc.). Essa glória é um afeto que ajuda nossa potência de agir, pois exprime a repercussão interior da alegria experimentada pela coisa amada, graças a nós, e faz eco a sua passagem para uma maior perfeição.

Se a alegria da coisa amada provocada por nossos esforços ajuda nossa potência, em compensação aquela que é suscitada pelos de um outro a coíbe. Com efeito, qualquer um que ame se esforça para imaginar a coisa amada ligada a ele o mais estreitamente possível. "Ora, supõe-se que esse esforço ou esse apetite é coibido pela imagem da própria coisa amada acompanhada da imagem daquele que a coisa amada une a ela" (*E* III, prop. 35, dem.). Ele será portanto afetado de tristeza e depois de ódio à coisa amada unido à inveja (*E* III, prop. 35, dem., esc.). O ciúme não diminui a potência de agir, pois a união do ser amado com outro não tira nada da minha perfeição, mas a coíbe por sua natureza dolorosa.

3) Em terceiro lugar, o nascimento de uma inversão de sentimentos coíbe ou ajuda a potência de agir conforme eles mudem de amigáveis a hostis ou de hostis a amigáveis, antes de diminuí-la ou aumentá-la. Assim, o ódio nascente contra a coisa amada coíbe a potência de agir, e tanto mais quanto mais é grande o amor que a precedeu (*E* III, prop. 38). O esforço alegre para perseverar no ser ao lado da coisa amada se vê, com efeito, obstado pela tristeza ligada ao ódio. Inversamente, um afeto de ódio vencido pelo amor nascente constitui uma ajuda tanto mais considerável quanto maior é o ódio que o precedeu (*E* III, prop. 44). Neste caso, à alegria do amor "se

acrescenta também aquela que nasce do fato de que o esforço para afastar a tristeza que o ódio envolve [...] é amplamente ajudado" (*E* III, prop. 44). Essa alegria é acompanhada "da ideia daquele a quem ele odiava como causa" (*E* III, prop. 44). O caso da inversão dos sentimentos é particularmente interessante, pois ele apresenta os inícios da mudança sob a forma da ajuda e da contrariedade, depois sua evolução sob a forma de um aumento ou diminuição da potência de agir inversamente proporcional à grandeza do afeto de ódio ou de amor experimentado antes. Ele corrobora assim a hipótese de uma continuidade entre as quatro formas de afecções e faz aparecer a ajuda e a contrariedade como um começo de aumento e de diminuição.

4) Em quarto lugar, alguém que faz bem a outrem sustenta nosso esforço para fazer o mesmo. O afeto de apreço, enquanto amor por aquele que fez bem a outrem (*E* III, Definições dos afetos 19), recai na categoria dos afetos que ajudam a potência de agir. Aliás, ele pode tanto ser uma paixão quanto uma ação nascida da razão. Assim, o homem racional, "por ver que alguém faz bem a outrem, seu próprio esforço para fazer o bem é ajudado, isto é (pelo escólio da proposição 11 da Parte III), ele se alegrará" (*E* IV, prop. 51, doutra maneira). A ajuda é indireta, pois ela implica um mimetismo afetivo e resulta do amor experimentado no encontro de um benfeitor não para mim mesmo, mas para um terceiro. O apreço é, portanto, a repercussão sobre minha potência do aumento da potência de outrem. Curiosamente, a indignação, que é o contrário do apreço, visto que ela se define como "o ódio por alguém que fez mal a outrem" (*E* III, Definições dos afetos 20), não é explicitamente apresentada como um afeto que coíbe a potência de agir. Essa assimetria talvez se ligue à natureza particular dessa paixão, que tanto pode servir quanto prejudicar a potência, incitando a ações de represália contra o autor dos fatos odiosos. Ela também é o motor da

revolta política e pode servir de auxiliar para pôr um termo às iniquidades (cf. *Tratado político*, cap. 4, § 4 e 6). Daí a dizer que ela figura entre os afetos que ajudam a potência de agir, há um passo que Espinosa não ousa dar. A indignação é, com efeito, um afeto ambíguo, pois pode conduzir a fazer justiça e a favorecer a potência, mas, ao fazê-lo, contribui para instaurar um estado de não direito em que cada um faz sua lei e enfraquece por consequência sua própria força de existir atingindo a segurança do Estado. É o que Espinosa põe em evidência no capítulo 24 da *Ética* IV: "E ainda que a indignação se dê ar de uma espécie de equidade, contudo vive-se sem lei ali onde é permitido a cada um fazer juízo sobre os atos do outro e vingar seu direito ou o de outro".

5) Em quinto lugar, coíbem ou ajudam a potência de agir as afecções que nascem da concepção inadequada ou adequada da impotência do homem.

> Se o homem, enquanto se contempla, percebe em si alguma impotência, isso não provém de que ele se intelija, mas (como o mostramos pela prop. 55 da Parte III) de que sua potência de agir seja coibida. Pois se supomos que o homem concebe sua impotência pelo fato de que intelige algo mais potente de que ele, então concebemos que o homem se intelige distintamente, ou seja, sua potência de agir é ajudada (*E* IV, prop. 53, dem.).

O que ajuda e o que coíbe correspondem aqui a duas modalidades diferentes — uma adequada, outra inadequada — de inteligir a mesma coisa. Logo, não é a impotência humana que coíbe a potência, mas a maneira de conceber. A ajuda ou a contrariedade não se ligam à natureza da coisa, mas à relação cognitiva que mantemos com ela. No primeiro caso, o afeto experimentado é a humildade que nasce do fato de o homem contemplar sua própria impotência. Ora, a humildade é uma paixão triste que coíbe a potência de agir. É o que decorre da demonstração da proposição 55 da *Ética* IV: "Portanto, quando dizemos que a mente, contemplando-se, imagina sua impotência, não dizemos nada outro senão que, enquanto a mente se esforça em imaginar algo que põe sua potência de agir, esse seu esforço é coibido, ou seja [...] ela se entristece". Com efeito, não há impotência em si, pois cada coisa é tão perfeita quanto pode ser. Em compensação, se o homem visa a essa impotência não sob o efeito de uma humildade triste, mas da compreensão de algo mais potente que ele, sua potência de agir será ajudada. O afeto que ajuda aqui não tem nome e poderia corresponder a uma humildade virtuosa por oposição a uma humildade viciosa. Todavia, esse conceito presente em Descartes não figura em Espinosa e continua manchado de inadequação, pois em realidade trata-se de apreender nossa própria impotência, não como a consequência de uma falta ou de uma imperfeição intrínseca, mas como potência determinada pela potência infinita de Deus. Esse afeto anônimo é uma ajuda, porque nós nos inteligimos como uma parte da Natureza e experimentamos a alegria disso, mas não aumenta nossa potência de agir que permanece indeterminada. Ele aparece como uma forma de satisfação (*acquiescientia*), pois implica que sejamos conscientes de nós mesmos, das coisas e de Deus e que compreendamos que nossa potência é limitada e infinitamente superada pela das causas exteriores. É o que Espinosa dá a entender no curso do capítulo 32 da *Ética* IV: "Se compreendemos isso clara e distintamente, essa parte de nós que se define pela inteligência, isto é, a melhor parte de nós, achará nisso uma plena satisfação e se esforçará em perseverar nesta satisfação".

Em definitivo, que sejam a alegria nascida da felicidade da coisa amada ou da tristeza da coisa execrada, a piedade ou a inveja, a glória ou o ciúme, a inversão nascente dos sentimentos ou o apreço, as afecções que ajudam ou coíbem a potência de agir não são somente aquelas que se opõem a forças desfavoráveis ou favoráveis, mas elas concernem de uma maneira mais geral aos efeitos da potência de outrem sobre a nossa e suas repercussões indiretas. Elas implicam na maior parte do tempo uma imitação afetiva e derivam de uma *Ética* da similitude. Essa imitação toma seja a forma de um eco da boa ou da má fortuna de outrem, seja o contrapé dos afetos da coisa execrada. Mas, que seja idêntica ou invertida, a imagem que nossa potência de agir dá por reflexo da de outrem deriva sempre de uma mimética dos afetos.

O quinto tipo de afetos, porém, parece contradizer em parte essas conclusões, pois, se a satisfação volta, a rigor, ao quadro dos afetos miméticos ligados à percepção da similitude, de conveniências ou desconveniências, visto que ela decorre da confrontação da potência de agir do corpo com a da Natureza e resulta das repercussões da intelecção de algo mais potente, a humildade, por sua vez, faz figura de exceção, dado que ela implica uma relação a si e à sua própria impotência. Em realidade, a imaginação da impotência nasce de uma ideia que exclui a existência de nosso corpo. Ora, essa ideia, propriamente falando, não está em nós, pois a mente afirma a existência atual do corpo e não a exclui. Essa ideia não remete, portanto, a Deus enquanto constitui a natureza de nossa mente, mas a Deus enquanto constitui a natureza de outras coisas. Ela põe em jogo a ordem comum da Natureza e a existência de causas exteriores; ela explica o impacto delas sobre nossa potência sob a forma inadequada da humildade. Esse afeto, por conseguinte, exprime também os efeitos de uma percepção imaginativa da potência do mundo exterior. Ele permite estender a esfera dos afetos de ajuda e contrariedade não somente aos seres amados e odiados, não somente a outrem como semelhante, mas a toda coisa que exprime uma conveniência ou uma desconveniência com nossa potência. Assim, o que ajuda e coíbe deriva de uma ética da similitude e põe em jogo as relações interindividuais, quer estes indivíduos tomem a forma de corpos físicos, humanos ou políticos. Em suma, as afecções que ajudam e coíbem nossa potência de agir são o espelho daquelas que afetam os indivíduos da natureza naturada e mais particularmente os outros homens em virtude da semelhança comum. Assim explica-se que suas ocorrências sejam mais frequentes, pois o homem vive entre os homens e se encontra constantemente afetado por eles.

O aspecto mental do afeto e a significação do advérbio "simul"

Depois de ter analisado o afeto em sua dimensão corporal e esclarecido suas formas diversas, trata-se de levar em conta seu aspecto mental, já que ele engloba não somente as afecções que aumentam ou diminuem, ajudam ou coíbem a potência de agir, mas igualmente "as ideias dessas afecções". Ora, se os comentadores estão de acordo em reconhecer que o afeto coloca em jogo uma face física e uma face mental,[104] eles divergem quanto à constituição da peça. Cada face, sendo entendido que ela possui seu reverso físico ou mental, pode constituir sozinha um afeto ou é preciso necessariamente levar em conta os dois lados? O afeto é despedaçado se se considera apenas uma das faces? Para além da metáfora, a questão é saber qual é a significação do advérbio "simul" na definição 3. Que ele seja traduzido pelas expressões "ao mesmo tempo", "conjuntamente", "também", o problema continua o mesmo, a locução "et simul" pode ter um sentido conjuntivo ou um sentido disjuntivo, para retomar a formulação de Jean-Marie Beyssade,[105] de modo que a definição pode ser interpretada

---

[104] A expressão é de Pierre Macherey, *Introduction à l'Éthique de Spinoza*, la troisième partie, p. 27.

[105] 1999, p. 115: "What does 'at the same time' (*et simul*), which adds to element (a) another element (b), mean? It may have two different functions. On the one hand, it may be conjunctive: the affect would require the conjunctions of a physiological aspect (the "affections of the body", in (a), which are not yet affects) and at the same time a mental or conscious aspect the "ideas of those affections" in (b), which

de duas maneiras. De um lado, ela pode significar que o afeto alia necessariamente sempre, para se constituir, uma afecção do corpo e uma ideia dessa afecção e que exprime simultaneamente uma realidade física e uma realidade mental. Neste caso, o afeto concerniria ao homem enquanto corpo *e* mente. Não poderia haver, propriamente falando, afeto do corpo, mas toda afecção corporal deveria necessariamente ser consciente para transformar-se em afeto. De outro lado, ela pode significar que Espinosa entende por "afeto" seja uma afecção do corpo que aumenta ou diminui, ajuda ou coíbe a potência de agir desse corpo, seja uma ideia dessa afecção, seja os dois. Neste caso, o afeto concerniria ao homem não somente enquanto corpo *e* mente, mas também enquanto corpo *ou* mente. Portanto, haveria afetos da mente ou afetos do corpo que, certamente, teriam seu correlato físico ou mental em virtude da unidade do homem e de suas duas expressões modais no atributo extensão e no atributo pensamento, mas seriam constituídos, como tais, sem a intervenção desse correlato. A questão é então saber o que o termo "afeto" recobre exatamente.

Afeto e consciência

Se, para constituir-se, o afeto implica simultaneamente um estado do corpo e um estado da mente, é claro que a vida afetiva se caracteriza antes de tudo pela consciência das emoções. É o que dá a entender o corolário da proposição IV da *Ética* V, em que se afirma que "o afeto é a ideia de uma afecção do corpo". É verdade que essa fórmula tomada ao pé

---

must be added in order to transform the affections of the body into a genuine affect). On the other hand, it may be distributive; it may apply the name of affects simultaneously to certain corporeal affections (those that increase or diminish the body's power to act, something that does not require the mind's intervention at all) and in parallel at the same time, to the ideas of these corporeal affections, ideas that according to Spinoza's parallelism, always accompany by nature (*simul esse natura*) their physiological counterparts".

da letra não identifica o afeto à consciência, mas à ideia de uma afecção corporal, seja ela adequada ou inadequada. Todavia, esse deslizamento do conhecimento para a consciência não é ilegítimo, pois Espinosa assimila expressamente os dois no decorrer da demonstração da proposição 9 da *Ética* III. Para estabelecer a tese segundo a qual a mente é consciente de seu esforço para perseverar no ser, afirma que este último é *consciente de si* através das ideias das afecções do corpo e remete, para justificar sua asserção, à proposição 23 da Parte II, em que estabelecera que a mente *se conhece a si mesma* através das percepções das afecções corporais. "Consciência" e "conhecimento" são portanto termos sinônimos.

Mas é possível embasar-se no corolário da proposição 4 da *Ética* V para daí concluir que todo afeto, por definição, pressupõe a consciência e não poderia constituir-se sem ela? É o que sustenta notadamente Robert Misrahi, para quem o afeto concerne à mente consciente do corpo, ao passo que a afecção só remete ao corpo.[106] "*Simul*" tem portanto necessariamente, segundo o comentador, um sentido conjuntivo, de modo que a afecção corporal é uma condição necessária, mas jamais suficiente, do nascimento de um afeto. A consciência é imperativamente requerida para que uma simples afecção dê lugar a um afeto.

Além de que o termo "afecção" não remete unicamente ao corpo,[107] já que é sinônimo de "modo" e que exprime todas as maneiras de ser da substância e de seus atributos, a tese de Robert Misrahi se choca com duas objeções maiores. Em primeiro lugar, se o afeto é sempre percebido pela mente,

---

[106] Cf. nota p. 401 de sua tradução da *Ética*: "O *affectus* é uma consciência: a mente é sempre consciente do *conatus* e das ideias claras ou confusas, que constituem esta mente (*Ética* III, 9), e o afeto é a ideia (clara ou confusa) de uma modificação do corpo".

[107] Jean-Marie Beyssade (1999, p. 123) afirma que este termo é igualmente empregado a respeito da mente na *Ética* III, 52, esc. (*haec mentis affectio, sive res singularis imaginatio*).

ainda que confusamente, é preciso notar que essa consciência não é determinante para Espinosa. De fato, o afeto primitivo de desejo que é apresentado ao mesmo tempo como constituindo a essência humana é definido como um apetite consciente (*E* III, prop. 9, esc.) e não poderia ser concebido sem essa reflexividade da ideia do esforço para perseverar no ser. Entretanto, não se deve dar excessiva amplitude ao fenômeno da consciência, pois ele não muda a natureza do *conatus*. Espinosa insiste sobre esse ponto no decorrer da definição 1 dos afetos: "Quanto a mim, em verdade não reconheço diferença entre o apetite humano e o desejo. Pois quer o homem seja ou não consciente de seu apetite, o apetite não deixa de ser um e o mesmo". Embora se ligue, por natureza, tanto ao corpo quanto à mente (*E* III, prop. 9, esc.), o apetite não se define então essencialmente pela consciência, de modo que não se deve hipostasiar esse fenômeno. Se o apetite permanece um e o mesmo quaisquer que sejam os casos, isso implica que a consciência não transforma sua natureza. Se o desejo, na verdade, é um afeto que não se distingue do apetite, por consequência isso significa que a consciência não é a expressão fundamental de sua essência, visto que ela pode desaparecer sem que sua natureza seja mudada. Assim, essa natureza desejante que constitui o substrato de todo afeto não se define em primeiro lugar pela consciência, pois ela é uma determinação segunda, e até secundária.

Quer dizer que pode haver desejos, e portanto afetos, inconscientes? Espinosa não vai tão longe. Ele visualiza a hipótese segundo a qual o homem não é consciente como uma eventualidade, sem contudo afirmar positivamente que efetivamente ele tem apetites inconscientes. A inconsciência total parece impossível, como o atesta a demonstração da proposição 9 da *Ética* III: "Como a mente é necessariamente consciente de si através das ideias das afecções do corpo, a mente é portanto consciente do seu esforço". O argumento desenvolvido no curso da definição 1 visa a mostrar não que os apetites ou os desejos são inconscientes, mas que essa consciência não modifica a natureza da coisa. Espinosa reconhece que poderia ter dito, com efeito, que o desejo é "a própria essência do homem enquanto determinada a fazer algo" (*E* III, Definições dos afetos 1, dem.) e então defini-lo da mesma maneira que o apetite (*E* III, Definições dos afetos 1, dem.). Porém, como ele próprio confessa, recusou-se a explicar o desejo pelo apetite, pois essa definição teria o ar de uma tautologia e não teria englobado a causa da consciência. Eis por que, "para englobar a causa da consciência, foi preciso [...] acrescentar, *enquanto se a concebe como determinada por uma afecção sua qualquer*". A consciência é uma propriedade da qual é preciso dar a razão. Ela acompanha o apetite, mas isso quer dizer que ela anda sempre com ele? Se o desejo é o apetite com a consciência do apetite (*appetitus com ejusdem consciência*), é preciso interrogar-se sobre o valor desse "*cum*", desse acompanhamento do apetite pela consciência. Quando Espinosa afirma que ele poderia "ter dito, com efeito, que o desejo é a essência do homem enquanto se a concebe como determinada a fazer algo", para mostrar que não há diferença de natureza entre o desejo e o apetite, ele justifica a necessidade de um complemento dizendo "que dessa definição [...] não seguiria que a mente possa ser consciente (*non sequeretur, quod mens possit suae cupiditatis, sive appetitus esse conscia*)". Cumpre notar que Espinosa escreve: "Não seguiria que a mente *possa ser consciente*" e não "não seguiria que a mente *seja consciente*". A consciência é portanto uma aptidão, mas isso não implica que seja plenamente atualizada em todos os afetos a ponto de constituí-los como afetos. Assim, para Espinosa, "o ignorante vive quase inconsciente (*quase inscius*) de si, de Deus e das coisas" (*E* V, prop. 42, esc.), e contudo se defronta com afetos, notadamente de tristeza, mas também de alegria, visto que padece. De fato, "jamais possui a verdadeira satisfação da alma [...] e assim que cessa de padecer, imediatamente cessa de ser" (*EV*, prop. 42, esc.); entretanto, embora quase inconsciente, é balançado por uma multidão de afetos passivos. É por isso exorbitante definir os afetos pela consciência, pois essa propriedade não os acompanha todos de uma maneira idêntica e se manifesta às vezes com dificuldade em meio às emoções do ignorante, a ponto de que elas possam ser consideradas como quase inconscientes. É verdade que a quase inconsciência do ignorante continua sempre uma forma de consciência mínima, de modo que não há afetos totalmente inconscientes. No entanto, não é legítimo conceber a consciência como uma realidade constitutiva do afeto, visto que ela não é um dado absoluto, um fenômeno nativo. A consciência é, com efeito, menos constitutiva que constituída, pois ela vem à luz através das ideias das afecções do corpo. Espinosa lembra, na proposição 30 da *Ética* III, que "o homem é consciente de si através das afecções que o determinam a agir". Essas afecções que o determinam a agir são primeiras, e sem elas nenhuma consciência é possível. Se a consciência acompanha necessariamente o afeto ativo, ela é mais vacilante no afeto passivo, pois o homem percebe seu apetite, mas ignora as causas que o determinam a agir. De um ponto de vista mental, o afeto envolve, portanto, mais ou menos consciência em função de seu caráter mais ou menos ativo. Ele exprime graus de consciência que se escalonam desde a quase inconsciência do ignorante até a consciência clara e distinta do sábio. Todavia, ele não se define por relação a essa consciência, pois o desejo em sentido lato engloba todos os esforços, impulsões, apetites e volições do homem. Espinosa quase não vê inconveniente, com efeito, em abraçar, sob o termo "desejo", "todos os esforços da natureza humana que designamos sob o nome de apetite, de vontade, de desejo ou de impulsão" (*E* III, Definições dos afetos 1, expl.). Ora, se a volição é sempre consciente, pois é uma modalidade do pensamento, se o apetite pode sê-lo, pois refere-se à mente e ao corpo, em compensação a impulsão (*impetus*) por si só não parece envolver a consciência, pois se relaciona, antes de tudo, ao corpo. Quer dizer que ela só se explica por relação ao atributo extensão e exclui toda referência ao pensamento? Nada permite afirmá-lo com uma inteira certeza. Em compensação, se o termo "desejo" em sentido lato compreende todos os esforços do homem[108] sem exceção, ele inclui também as determinações do corpo que não envolvem, por definição, a consciência. Embora acompanhem o apetite e os decretos da mente, e sejam um só com eles, elas se explicam unicamente por referência à extensão e às leis do movimento e do repouso (cf. *E* III, prop. 2, esc.). Essa observação, portanto, permite entender que pode haver afetos corporais e convida a meditar sobre essa eventualidade.

É então possível formular uma segunda objeção à tese de Robert Misrahi. Não somente o afeto não se define essencialmente pela consciência, mas não é necessariamente um fenômeno mental. É o que afirma Jean-Marie Beyssade (1999, p. 113-128), que chama atenção para o fato de que não há somente afecções, mas igualmente afetos do corpo, de que a mente, de fato, teria a ideia, mas que se conceberiam como modos da extensão, a exemplo do movimento e do repouso. Espinosa, com efeito, faz referência explícita a tais afetos pela primeira vez na proposição 17 da *Ética* II.[109] É verdade que a presença da expressão "*corpus afficiatur affectu*" na Parte II não permite tirar consequências gerais, pois o conceito de afeto ainda não foi definido em seu sentido estrito. No entanto, ela não é o fruto de um lapso ou deslize, pois Espinosa reitera essa fórmula na demonstração da proposição 14 da *Ética* III:

---

[108] É nesse sentido que Espinosa entende, no fim da explicação da definição 1 do desejo: "Logo, aqui entendo sob o nome de desejo todos os esforços, impulsões, apetites e volições do homem"..

[109] "Se o corpo humano é afetado de uma maneira que envolve a natureza de um corpo externo, a mente humana contemplará esse mesmo corpo externo como existente em ato ou como estando em sua presença, até que o corpo seja afetado de um afeto (*corpus afficiatur affectu*) que exclua a existência ou a presença desse corpo."

"As imaginações da mente indicam mais os afetos de nosso corpo (*nostri corporis affectus*) do que a natureza dos corpos externos". Ele faz igualmente alusão, no curso da demonstração da proposição 18 da *Ética* III, ao "estado do corpo ou afeto (*constitutio seu affectus*)", depois, no escólio 1, ao fato de que "o corpo não é afetado de nenhum afeto (*corpus nullo affectu afficitur*) que exclua a existência da coisa".

A essas ocorrências, recenseadas por Jean-Marie Beyssade, do conceito de *affectus* aplicado ao corpo, é preciso acrescentar que Espinosa afirma no escólio da proposição 2 da *Ética* III que "a ordem das ações e das paixões de nosso corpo é por natureza simultânea (*simul*) à ordem das ações e paixões de nossa mente". Ora, que elas sejam referidas ao corpo ou à mente, as ações e as paixões são, por definição, afetos. Na *Ética* V, por fim, Espinosa afirma que, "quando contemplamos uma coisa como ausente, isso não vem do afeto pelo qual a imaginamos, mas de que o corpo é afetado por outro afeto (*corpus alio afficitur affectu*) que exclui a existência dessa mesma coisa" (*EV*, prop. 7, dem.).

Logo, nenhuma dúvida é permitida, existem mesmo afetos corporais.[110] Essa constatação acarreta duas consequências maiores. Em primeiro lugar, não se deve interpretar o corolário da proposição 4 da *Ética* V, segundo o qual "o afeto é a ideia de uma afecção do corpo", como o enunciado de uma definição geral e completa do afeto, excluindo a possibilidade de uma constituição afetiva corporal, mas como uma afirmação particular concernindo seu aspecto mental. Portanto não é legítimo fundar-se sobre esse corolário para pretender que o afeto se define antes de tudo pela consciência.

Em segundo lugar, a locução adverbial "*et simul*" na definição 3 da *Ética* III pode revestir um sentido não somente

---

[110] Subscrevemos plenamente as conclusões de Jean-Marie Beyssade (1999, p. 123) a esse respeito.

conjuntivo, mas igualmente disjuntivo. Pode remeter ao corpo e à mente em conjunto, ou bem ora a um, ora à outra. Dizer que o afeto é ao mesmo tempo uma afecção do corpo e uma ideia dessa afecção é portanto convidar a pensá-lo como uma realidade em que os estados corporais e intelectuais são apreendidos seja simultaneamente, seja separadamente, estando entendido que eles têm sempre um correlato e que a todo afeto do corpo corresponde uma ideia e que a todo afeto da mente corresponde uma determinação do corpo. Tal como a afecção, o afeto pode dar lugar a três tipos de discursos: psicofísico, psíquico, físico, conforme se reporte simultaneamente à mente e ao corpo, só à mente ou ao só corpo. No entanto, não basta verificar a presença do termo "*affectus*" aplicado ao corpo, falta ainda identificar a natureza desse tipo de emoções e de suas diversas espécies. Dado que não tenciona tratar do corpo *ex professo* (*E* II, prop. 13, esc.), Espinosa permanece pouco prolixo a esse respeito. Trata-se então de saber a que remetem as três categorias de afetos e de determinar suas respectivas esferas.

As variações do discurso misto

As três categorias de afetos físicos, mentais e psicofísicos

A instauração de uma tipologia dos afetos em função de seu princípio constitutivo e das relações que eles mantêm com a mente e o corpo parece à primeira vista um empreendimento vão e difícil. Vão, porque Espinosa não se entrega a esse tipo de recenseamento. Ele recorre sobretudo a três principais tipos de divisão no seio dos afetos: a distinção entre ações e paixões, entre primitivos e compostos, entre bons e maus em função de sua incidência sobra a potência de agir. Difícil, porque parece impossível passar em revista todos os afetos físicos, mentais e psicofísicos, visto que sua enumeração seria sem fim, em virtude da combinação indefinida das emoções no seio da natureza naturada.

Espinosa, todavia, não desaprova o princípio de uma diferenciação dos afetos em função de sua relação ao corpo e à mente, pois ele o utiliza para justificar sua omissão das definições de hilaridade, de carícia, de melancolia e de dor (*E* III, Definições dos afetos 3, expl.). Ele não se envolve mais com o falso problema de uma denominação exaustiva, porque ele não visa a uma enumeração completa, mas suficiente dos afetos.

Sem os nomear um a um, ele abraça entretanto o conjunto dos afetos, porque, a despeito de seu número indefinido e de sua natureza particular, ele sabe que eles se reduzem todos a espécies do desejo, da alegria e da tristeza. Eis por que, a exemplo de Espinosa, não se trata de desenhar uma tabela completa, mas de identificar afetos físicos, mentais, psicofísicos em virtude do papel predominante ou equivalente desempenhado pelo corpo e pela mente em sua formação. Para isso, convém seguir a classificação operada pelo autor da *Ética* e fundar-se sobre os três afetos chamados "primitivos ou primários" (*primitivos, seu primarios*) (*E* III, Definições dos afetos 4, expl.), para compreender o modo de engendramento de todos os outros e seus referentes. Sobre essa base, é possível distinguir em primeiro lugar os afetos expressamente referidos ao corpo e à mente.

Os afetos psicofísicos

É o caso não somente do desejo, apetite consciente (*E* III, prop. 9, esc.), mas de todos os afetos primitivos, pelo menos tais como eles são definidos no fim da Parte III da *Ética*. A alegria e a tristeza são, com efeito, respectivamente apresentados como a passagem do *homem* de uma menor perfeição a uma maior, e de uma maior perfeição a uma menor (*E* III, Definições dos afetos 2 e 3). Ora, o homem é explicitamente definido como um ser "constituído de uma mente e de um corpo" (*E* II, prop. 13, corol.), de sorte que o uso desse termo remete, como em Descartes, à união de uma coisa pensante e uma coisa extensa e convida a pensá-los em concerto. Nesse caso, o afeto é uma realidade psicofísica, sendo objeto de um discurso misto exprimindo a mente e o corpo em paridade.

Nessa categoria figuram, além da tríade primitiva, afetos derivados, como o orgulho ou a humildade, por exemplo, que estão referidos aos homens e põem em jogo tanto um estado físico como um estado mental. Enquanto "a humildade é uma tristeza que nasce do fato de o homem contemplar sua impotência ou fraqueza" (*E* III, Definições dos afetos 26), o orgulho se relaciona "ao próprio homem que se estima maior do que o que é justo" (*E* III, Definições dos afetos 28). O orgulhoso "adora contar seus altos feitos e fazer exposição de suas forças tanto corporais quanto mentais" (*E* III, prop. 55, esc.), enquanto que o homem humilde confessa tristemente suas fraquezas físicas e mentais. Essas duas paixões produzem afetos ao mesmo tempo psicofísicos e fisiológicos e se acompanham de comportamentos usuais que permitem ao observador identificá-los e catalogar os homens que são afetados por eles.

> Habitualmente, nós chamamos orgulhoso aquele que se glorifica demais (*ver esc. da prop. 30 desta parte*), que só fala de suas virtudes e dos vícios dos outros, que quer ser preferido a todos e que, enfim, avança com a importância e a aparência que ele vê habitualmente em outros que são colocados bem acima dele. Chamamos humilde, ao contrário, aquele que enrubesce muito frequentemente, que confessa seus vícios e fala das virtudes dos outros e que, enfim, anda de cabeça baixa e não liga para aparência (*E* III, Definições dos afetos 29, expl.).

Certamente, essas manifestações concernem antes aos seus efeitos do que à sua natureza (*E* III, Definições dos afetos 29, expl.) e emergem mais de uma descrição conveniente de seus afetos que de uma verdadeira concepção de sua essência, a tal ponto que Espinosa mostrará que o orgulho não é, como se acredita com base na observação das reações comportamentais, o contrário da humildade, mas da abjeção. Além disso, alguns sintomas físicos – o rubor, a cabeça baixa ou levantada com insolência – se aparentam a essas afecções negligenciáveis como a palidez ou os soluços. No caso da humildade ou do orgulho, no entanto, essas afecções secundárias que misturam signos corporais e intelectuais merecem a atenção, porque elas ilustram a natureza psicofísica desses afetos.

Mas se os três afetos primitivos estão referidos ao mesmo tempo à mente e ao corpo, parece evidente que todos os outros implicam, por via de consequência, essa dupla referência, visto que eles são todos compostos a partir deles. Todavia, é preciso notar que, se afetos primitivos são constituídos ao mesmo tempo por uma afecção do corpo e uma ideia dessa afecção, eles podem entretanto se caracterizar principalmente pela afecção do corpo ou, ao contrário, principalmente pela ideia dessa afecção. A igualdade entre a potência de pensar e a potência de agir não exclui a preponderância do aspecto mental ou do aspecto físico do afeto. Assim, o fato de que alegria e tristeza implicam ao mesmo tempo o corpo e a mente, enquanto elas traduzem variações da perfeição do homem, não impede de modo algum Espinosa de considerar seu aspecto mental como principal, muito pelo contrário. Prova disso é que as primeiras definições que ele oferece delas (e que valem em toda a Parte III, à exceção das duas últimas proposições consagradas aos afetos ativos) assimilam-nas às paixões pelas quais a *mente* — e não o *homem* — passa a uma maior ou menor perfeição.[111] Não é feita nenhuma menção expressa ao corpo. A alegria e a tristeza são aqui, antes de tudo, fenômenos mentais, a tal ponto que, quando Espinosa entende relacionar esses afetos simultaneamente à mente e ao corpo, ele muda de denominação. "Além disso, o afeto de alegria, quando se refere simultaneamente à mente e ao corpo (*simul relatum*), chamo-o carícia ou hilaridade; e o afeto de tristeza, chamo-o dor ou melancolia" (*E* III, prop. 11, esc.).

Mas, ainda aqui, a expressão "*simul relatum*" não deve nos enganar, porque é claro que esses quatro afetos, a carícia e a dor, que "se relacionam ao homem quando uma de suas partes é afetada" (*E* III, prop. 11, esc.), assim como a hilaridade

---

[111] *E* III, prop. 11, esc.: "Por *alegria*, entenderei portanto, no que segue, *uma paixão pela qual a mente passa a uma maior perfeição. E por tristeza, uma paixão pela qual ela passa a uma perfeição menor.*"

ou a melancolia, que "se relacionam a ele quando todas são afetadas igualmente" (*E* III, prop. 11, esc.), concernem antes de tudo ao corpo. Espinosa o dirá expressamente no curso da explicação da definição 3 dos afetos, o que é aliás a razão pela qual ele recusa analisá-las mais longamente, visto que sua exposição privilegia a análise das paixões da mente e dos obstáculos a sua potência:"No que concerne às definições de hilaridade, carícia, melancolia e dor, eu as omito, dado que elas se relacionam principalmente ao corpo (*ad corpus potissimum referentur*)". O advérbio "*potissimus*" significa "principalmente", "acima de tudo","de preferência". Caillois e Pautrat escolhem vertê-lo por "principalmente", Appuhn por "eminentemente", mas, em todos os casos propostos, é claro que ele indica uma predominância do corpo.

Os afetos corporais

Quer isso dizer que melancolia, hilaridade, carícia e dor fazem parte desses famosos afetos corporais aos quais Espinosa faz alusão em geral sem os nomear nem entrar no detalhe de suas particularidades? Toda a questão é saber se o advérbio "*potissimus*" indica uma simples preferência ou se ele significa que o corpo é o princípio desses afetos. Pode-se passar do fato de que eles estão referidos principalmente ao corpo ao fato de que eles estão referidos ao corpo simplesmente? Dito de outra forma, pode-se fazer economia do advérbio "*potissimus*"? Espinosa não se priva dele, em todo caso, porque, no curso das demonstrações das proposições 42 e 43 da *Ética* IV, ele apresenta a hilaridade e a carícia como alegrias, a melancolia e a dor como tristezas, referidas ao corpo, omitindo o advérbio "principalmente".[112] Esse índice lexicológico pende

---

[112] *E* IV, prop. 42: "A Hilaridade é uma alegria que, enquanto se refere ao Corpo, consiste em que todas as partes do corpo são igualmente afetadas...A Melancolia é uma tristeza que, enquanto se refere ao corpo,

a favor do estatuto corporal desses afetos, mas não basta para estabelecê-lo. Para isso, é preciso mostrar que essas espécies de alegria e de tristeza cumprem as condições requeridas para serem admitidas no nível dos afetos do corpo. Ora, desse ponto de vista, nenhuma dúvida é possível, já que elas têm um impacto sobre a potência de agir e a fazem variar segundo as quatro modalidades características do aumento, da diminuição, do favorecimento e da contrariedade. A hilaridade entra no quadro das alegrias pelas quais "a potência de agir do corpo se encontra aumentada ou favorecida de tal sorte que todas suas partes guardam entre si a mesma relação de movimento e repouso" (*E* IV, prop. 42, dem.). Através da melancolia, ao contrário, "a potência de agir do corpo se encontra, absolutamente falando, diminuída ou contrariada" (*E* IV, prop. 42, dem.). A carícia e a dor figuram igualmente entre as afecções que têm uma repercussão sobre a potência de agir do corpo, mas seu estatuto é mais ambíguo. Conforme é moderada ou excessiva, a carícia pode pouco a pouco integrar a categoria dos afetos favoráveis ou desfavoráveis à potência de agir (*E* IV, prop. 43). A dor, que geralmente freia a potência de agir, pode favorecer esta se aquela for de uma natureza tal "que possa coibir a carícia e impedi-la de ser excessiva" (*E* IV, prop. 43, dem.).

Embora a mente tenha necessariamente a ideia deles, esses quatro afetos são inegavelmente afetos *do* corpo, porque eles concernem a modificações que tocam a estrutura de movimento e de repouso que o define e exprimem uma relação de equilíbrio ou desequilíbrio entre suas partes conforme elas são afetadas igualmente ou não. Eles se constituem portanto no nível da extensão, encontram seu princípio nesse atributo

---

consiste em que a potência de agir do corpo se encontra, absolutamente falando, diminuída ou contrariada". Prop. 43: "A carícia é uma alegria que, enquanto se refere ao corpo, consiste em que uma ou algumas de suas partes são mais afetadas do que outras".

e traduzem as variações da potência de agir do corpo. Ainda que Espinosa não se detenha sobre sua definição, esses afetos do corpo não são menos difundidos que seus homólogos mentais. Se a hilaridade "é mais fácil de conceber do que de observar" (*E* IV, prop. 44, esc.), sendo verdade que todas as partes do corpo raramente são afetadas de alegria ao mesmo tempo e igualmente, em troca a carícia é moeda corrente, a tal ponto que é o afeto alegre mais recorrente entre os homens. No capítulo 30 da Parte IV, Espinosa observa com efeito que "a alegria, a maior parte do tempo, se refere de preferência a uma só parte". Longe de ser uma raridade, os afetos do corpo nos excitam e nos obcecam, ao ponto de que a mente, como consequência, efetua frequentemente uma fixação sobre um só objeto (*E* IV, prop. 44, esc.).[113]

Na categoria dos afetos referidos ao corpo figuram igualmente o fastio ou o tédio, que nascem de um estado de saciedade física. Espinosa explica, com efeito, a lassidão consecutiva ao gozo por modificações corporais, de sorte que nossos amores têm origem ou fim em um corpo voraz ou farto.

> E no entanto sobre o amor é preciso ainda notar que ocorre muitas vezes, enquanto nós gozamos de uma coisa à qual nós aspiramos, que o corpo, mudando de estado sob o efeito desse gozo, encontre-se determinado de outra forma, e outras imagens de coisas sejam nele excitadas, e que ao mesmo tempo a mente comece a imaginar outras coisas e a desejar outras. Por exemplo, quando imaginamos alguma coisa cujo sabor ordinário nos agrada, nós desejamos gozar dela, isto é, comê-la. Ora, durante o tempo que nós gozamos dela, o estômago se enche, e o corpo muda de estado (*constitutio*).

---

[113] "Pois os afetos que diariamente defrontamos se referem na maior parte do tempo a uma certa parte do corpo, que se acha mais afetada do que as outras, e portanto os afetos são no mais das vezes excessivos e retêm a mente na contemplação de uma só objeto, a tal ponto que ela não pode pensar nos outros."

Se portanto o corpo, tendo mudado de estado, a imagem desse mesmo alimento, porque ele próprio está presente, encontra-se alimentada, assim como, por consequência, o esforço ou o desejo de comê-lo, o novo estado do corpo repugnará a esse desejo ou esforço, e por consequência a presença do alimento ao qual nós tínhamos aspirado será odiosa e é o que nós chamamos fastio e tédio (*fastidium et tedium*) (*E* III, prop. 59, esc.).

O fastio ou o tédio resultam portanto de uma mudança corporal e manifestam uma repugnância em relação a uma coisa que se torna odiosa sob o efeito da fartura. Eles combinam o desejo e um amor passados com um ódio presente, partilhando as metamorfoses sucessivas do corpo. Espinosa se une nesse ponto a Descartes, para quem o fastio é antes de tudo de essência corporal e se explica pela mudança de apetite e pela transformação de um prazer em incômodo.[114] Essa origem fisiológica do fastio e do tédio é sem dúvida a razão pela qual Espinosa não voltará a eles no curso das definições finais dos afetos e nada diz sobre eles, a exemplo da hilaridade e da melancolia.

Os afetos mentais

A esses afetos do corpo correspondem simetricamente os afetos da mente, sobre os quais Espinosa parece ter-se demorado mais, visto que ele privilegia o aspecto. mental. No entanto, não é fácil determinar as emoções que emergem

---

[114] Cf. *As paixões da alma*, art. 208: "O fastio é uma espécie de tristeza que vem da mesma causa da qual a alegria veio anteriormente. Porque nós somos de tal forma compostos que a maior parte das coisas das quais nós gozamos só são boas ao nosso olhar por um tempo e tornam-se logo incômodas. O que aparece principalmente no beber e no comer, que só são úteis enquanto se tem o apetite, e são nocivos quando não se o tem mais; e porque eles cessam de ser agradáveis ao gosto, nomeia-se essa paixão de fastio."

estritamente da jurisdição do pensamento. Com efeito, os afetos primitivos de alegria e de tristeza que são definidos na Parte III, seja como paixões (*E* III, prop. 11, esc.), seja como ações (*E* III, prop. 59) da mente – ao menos para o caso da alegria –, são finalmente referidos ao homem (*E* III, prop., Definições dos afetos 2 e 3) e implicam igualmente o corpo. Em qualquer caso, é inegável que um certo número de afetos ativos, como a verdadeira satisfação da mente (*mentis acquiescentia*), o amor intelectual de Deus, figuram na categoria dos afetos mentais, porque eles nascem do conhecimento do terceiro gênero[115] e se referem à mente sem relação com a existência presente do corpo.

A glória se prende igualmente ao domínio dos afetos da mente: que ela seja uma ação que não se distingue da satisfação da alma (*E* V, prop. 36, esc., onde esses dois afetos são assimilados) ou uma paixão alegre ligada à "ideia de uma de nossas ações que imaginamos que os outros louvam" (*E* III, Definições dos afetos 30), ela nasce de uma representação mental de nós mesmos e se constitui a partir de uma percepção adequada ou inadequada de nossa própria perfeição. De uma maneira geral, referem-se à mente os afetos causados por uma ideia, um decreto, uma vontade ou qualquer outro modo de pensar. Assim, o arrependimento (*pœnitentia*) é antes de tudo uma paixão mental, porque ele é "uma tristeza acompanhada da ideia de um ato que nós acreditamos ter feito por livre decreto da mente" (*E* III, Definições dos afetos 27). Ele se distingue, por isso, da saudade (*desiderium*), que implica uma relação ao mesmo tempo à mente e ao corpo, ao passo que ele é "um desejo ou apetite de ser senhor de uma coisa, que alimenta a lembrança dessa coisa e ao mesmo tempo contraria

---

[115] *E* V, prop. 27: "Desse terceiro gênero de conhecimento nasce a mais alta satisfação da mente (*mentis acquiescentia*) que possa haver", e prop. 32, corolário: "Desse terceiro gênero de conhecimento nasce necessariamente um amor intelectual de Deus".

a lembrança de outras coisas que excluem a existência da coisa desejada" (*E* III, Definições dos afetos 32).

As variações do discurso misto

Se há não somente afetos do corpo *e* da mente, mas também afetos do corpo *ou* da mente, não se deve entretanto acusar a diferença entre eles e acreditar que o discurso misto se reduz por vezes a um longo monólogo físico e mental. Em realidade, todo discurso sobre os afetos é sempre, numa certa medida, de essência psicofísica. Se hilaridade e melancolia, dor e carícia se enraízam no corpo, elas se acompanham necessariamente de repercussões mentais, de sorte que o discurso físico sobre esses afetos não exclui considerações sobre a mente, mas as integra a título de correlato. De fato, "toda coisa que aumenta ou diminui, ajuda ou coíbe a potência de agir do corpo, a ideia dessa coisa aumenta ou diminui, ajuda ou coíbe a potência de pensar da mente" (*E* III, prop. 11). Da mesma forma, toda hilaridade ou toda melancolia é necessariamente acompanhada por alegria ou tristeza mental. Eis por que o discurso concernente a esses afetos do corpo permanece sempre misto. À sua natureza principalmente física juntam-se corolários mentais, o que permite compreender por que Espinosa faz um uso mole dos conceito de hilaridade, melancolia, carícia e dor, referindo-os alternadamente ao corpo e à mente, no escólio da proposição 11 da Parte III, depois ao corpo principalmente, no curso da explicação da definição 3. Não há aí nenhuma incoerência, porque, se esses afetos têm sua origem no corpo, a mente experimenta a repercussão disso e vê sua potência de agir modificada alegremente ou tristemente. Por consequência, quem quer que vislumbre unicamente seu modo de constituição, os referirá ao corpo; quem, ao contrário, se coloque ao nível da potência de agir do homem inteiro, os referirá ao corpo e à mente. Reciprocamente, os afetos mentais não fazem totalmente abstração do corpo. As ações, como o amor intelectual de Deus ou a verdadeira satisfação da alma, embora excluam a referência à existência atual presente do corpo, não implicam menos uma relação a ele, porque a mente permanece uma ideia que exprime a essência do corpo sob o aspecto da eternidade (*E* V, props. 22 e 23). As paixões, como o arrependimento, embora ligadas à ideia de uma ação má que acreditamos ter sido feita por livre decreto, só podem ser compreendidas e superadas pelo esclarecimento do mecanismo corporal que as sustenta à nossa revelia. É o que resulta do escólio da proposição 2 da Parte III, onde Espinosa denuncia a ilusão do livre decreto e mostra que "não há nada que possamos fazer por decreto, a menos que lembremos disso. Por exemplo, não podemos dizer uma palavra, a menos que lembremos dela". Ora, a lembrança implica a memória, isto é, "um encadeamento de ideias que se faz na mente segundo a ordem e o encadeamento das afecções do corpo humano" (*E* II, prop. 18, esc.) e depende portanto da conservação dos traços corporais dos objetos. Não há arrependimento sem memória nem memória sem excitação de uma imagem. Eis por que Espinosa conclui que "os decretos da mente não são nada outro que os próprios apetites, e por essa razão variam em função do estado do corpo" (*E* III, prop. 2, esc.).

Ademais, que sejam físicas ou mentais, as emoções não são de uma natureza intrinsecamente diferente e não exigem nem a separação entre a análise fisiológica e a análise psicológica nem a constituição de discursos especializados. Espinosa precisa bem que os afetos "nascem todos do desejo, da alegria ou da tristeza, *ou antes não são senão estes três afetos*, aos quais cada um, ordinariamente, chama de nomes diversos em função da diversidade das relações e denominações extrínsecas deles" (*E* III, Definições dos afetos 48, expl. [grifos da autora]). As múltiplas espécies de desejo, de alegria e de tristeza se distinguem mais nominalmente do que realmente, porque sua essência é fundamentalmente a mesma, mas ela se explica e se nomeia de uma maneira diferente segundo os objetos aos quais ela se refere. "Os nomes dos afetos", nota Espinosa "[...] concernem ao seu uso mais do que à sua natureza" (*E* III, Definições dos afetos 31, expl.). O princípio de denominação e de especificação repousa menos, com efeito, sobre uma diferença de natureza do que sobre a diversidade de relações com os objetos.[116] Assim,

> [...] a gula, a embriaguez, a lascívia, a avareza, a ambição [...] não são nada mais do que noções do amor ou do desejo que explicam a natureza de um ou outro afeto através dos objetos aos quais eles se referem. Pois por gula, embriaguez, lascívia, avareza e ambição, não compreendemos nada outro que um amor ou um desejo imoderado de comer, de beber, de fornicar, de ser rico e de ser glorioso (*E* III, prop. prop. 56, esc.).

No entanto, se as emoções, em sua diversidade indefinida, se reduzem a uma composição ou a uma derivação do desejo, da alegria e da tristeza e não constituem senão variações em torno dessa tríade primária, é preciso notar que sua especificação e sua denominação não se efetuam somente em função da relação aos objetos exteriores, mas igualmente em função da relação principal ao corpo ou à mente. A referência ao corpo ou à mente aparece como um critério de diferenciação e como um princípio de identificação. A unidade de denominação dá lugar a uma variedade de nomeações segundo o ângulo de análise física ou mental. O termo "alegria" é antes reservado à mente, a ponto de ser definido unicamente em relação a ela no escólio da proposição

---

[116] *E* III, prop. 56: "Da alegria, da tristeza e do desejo, e por consequência de todo afeto que é composto por eles, como a flutuação da alma, ou que deles derivam, a saber, o amor, o ódio, a esperança etc., há tantas espécies quanto há de espécies de objetos que nos afetam".

11 da *Ética* III, enquanto que "hilaridade" e "melancolia" são referidos ao corpo. Essas denominações, embora extrínsecas, visto que o corpo e a mente são uma só e mesma coisa, não são entretanto arbitrárias e desprovidas de fundamento, pois elas remetem ao princípio constitutivo do afeto, segundo este deriva antes da mente ou antes do corpo e põe em jogo o pensamento ou a extensão.

O caso mais conhecido é aquele da mudança de denominação do amor que o homem que se compreende clara e distintamente a si mesmo experimenta por Deus. Esse amor se chama "amor a Deus" (*amor erga Deum*), quando ele é referido à mente em relação com o corpo, e "amor intelectual de Deus", quando se refere só à mente. O vocabulário, mesmo manifestando a igualdade entre a potência de pensar da mente e a potência de agir do corpo, proíbe concebê-la como uniforme e indiferenciada, pois introduz nuances na expressão de um único e mesmo amor, conforme ele é visado sob dois atributos diferentes. Essa modulação da formulação em função da relação ao corpo ou à mente repousa sobre uma denominação extrínseca, a exemplo de todos os nomes de batismo dos afetos, mas ela reflete apesar de tudo uma diferença intrínseca, pois a natureza desse amor muda sensivelmente em função do ângulo sob o qual ele é visado. O *amor erga Deum* e o *amor intellectualis* têm certamente por traço comum o fato de serem espécies de amor, mas o primeiro se refere a Deus, "enquanto o imaginamos presente" (*EV*, prop. 32, corol.), e o segundo afeta a mente, "enquanto compreendemos que Deus é eterno" (*EV*, prop. 32, corol.). Um se declina sobre o modo imaginativo da presença de Deus, o outro repousa sobre a concepção adequada de sua eternidade. Essa diferença concernente ao modo de representação da causa não é indiferente, porque ela respinga sobre a essência desse amor conforme é referido ao corpo ou à mente. É o que Espinosa faz valer quando ele afirma que "o amor a

Deus é o mais constante de todos os afetos, e, enquanto ele se refere ao corpo, ele só pode ser destruído com o próprio corpo. Quanto a saber qual é sua natureza enquanto se refere à mente, nós o veremos mais adiante" (*EV*, prop. 20, esc.). Ele precisará essa natureza no curso da proposição 33 da *Ética* V, onde mostrará que o amor intelectual de Deus é eterno e que este é o único amor a possuir essa propriedade. O afeto de amor por Deus não tem portanto exatamente a mesma natureza conforme ele se refira ao corpo ou à mente. Referido ao corpo, ele se caracteriza por sua constância; referido à mente, por sua eternidade. O "amor a Deus" é temporal e temporário, ele morre com o corpo; o "amor intelectual" é atemporal e eterno, ele permanece com a mente. O discurso sobre o amor de Deus admite portanto variantes conforme ele é referido ao corpo ou à mente.

Consequentemente, se a ordem e conexão das ideias das afecções é a mesma que a ordem e conexão das afecções do corpo, isso não implica que todo afeto concerne ao corpo e à mente da mesma maneira. Há uma especificidade de cada um deles, de sorte que um pode ser mais concernido que o outro. Se o afeto comporta duas faces, não são da mesma moeda; seu aspecto físico e seu aspecto mental não têm sempre a mesma importância e não se recobrem termo a termo, segundo uma correspondência biunívoca. Um afeto pode ter uma incidência diferente e efeitos que variam segundo o ângulo de análise preferencialmente físico, mental ou psicofísico sob o qual ele é concebido. A satisfação consigo mesmo (*acquiescientia in se ipso*), por exemplo, toca ao mesmo tempo o corpo e a mente, porque ela se define como "uma alegria que nasce do fato de o homem se contemplar a si mesmo e sua potência de agir" (*E* III, Definições dos afetos 25) e se refere portanto tanto à força física quanto à espiritual. Todavia, conforme o acento é posto, seja sobre sua natureza psicofísica, seja sobre sua natureza mental unicamente, ela não tem os mesmos contrários, e portanto os mesmos efeitos. "A satisfação consigo mesmo opõe-se à humildade, enquanto por satisfação consigo mesmo entendemos uma alegria que nasce do fato de contemplarmos nossa potência de agir; mas enquanto entendemos por ela igualmente uma alegria que acompanha a ideia de algum ato que acreditamos ter feito por livre decreto do espírito, então ela se opõe ao arrependimento" (*E* III, Definições dos afetos 26, expl.). No primeiro caso, esse afeto vem contrariar um afeto antagônico, mas parecido a ele por sua natureza psicofísica, a humildade. "À tristeza que nasce do fato de o homem contemplar sua impotência ou sua fraqueza" (*E* III, Definições dos afetos 26), a satisfação consigo mesmo opõe a alegria que emana da representação de sua potência física ou mental. No segundo caso, a satisfação consigo mesmo toma uma coloração toda mental, porque ela remete à ideia de que nós tomamos com toda a liberdade a boa decisão para agir e constitui um antídoto, não à humildade, visto que ela não contraria em nada nossas fraquezas físicas, mas ao arrependimento, essa paixão mental ligada à representação "de um ato que acreditamos ter feito por livre decreto do espírito". O monismo espinosista está portanto longe de ser monocórdio e monótono; ele admite jogo nas emoções conforme elas sejam concebidas *sub specie corporis* ou *sub specie mentis*.

Eis por que a correlação entre a afecção corporal e a ideia dessa afecção expressa pela locução adverbial "*et simul*" no curso da definição 3 não se reduz a um sistema de paralelas. O corpo e a mente são apreendidos ao mesmo tempo sem ter necessariamente o mesmo *tempo*. Sua sincronia não tem nada de linear e não assume a forma sistemática e mecânica de uma replicação ao idêntico. A locução "*et simul*" pode portanto revestir ao menos três significações diferentes: em primeiro lugar, ela pode reenviar ao corpo e à mente ao mesmo tempo; em segundo, ela pode remeter principalmente ao corpo; em terceiro, ela pode remeter principalmente à mente.

Essas significações não são estanques e rígidas, porque o discurso misto comporta graus e exprime todas as nuances da paleta que vai da referência principal e principial à mente movida pelo amor intelectual de Deus ou ao corpo excitado pela carícia ou torturado pela dor, passando por afetos intermediários que mobilizam mais ou menos um ou o outro. Assim, um certo número de afetos que são espécies de desejo e de amor, como a gula (*luxuria*), a embriaguez (*ebrietas*), a avareza (*avaritia*), a lascívia (*libido*), distinguem-se não somente em função de seus objetos mas igualmente em função da maneira pela qual eles implicam o corpo e a mente. É patente que eles se definem antes de tudo pela referência ao corpo e suas necessidades: "A gula é o desejo imoderado e mesmo o amor de comer" (*E* III, Definições dos afetos 45); a embriaguez, "o desejo imoderado e o amor de beber" (*E* III, Definições dos afetos 46); a avareza, "o desejo imoderado e o amor pelas riquezas" (*E* III, Definições dos afetos 47); enfim, a lascívia é "igualmente o desejo e o amor da união dos corpos" (*E* III, Definições dos afetos 48). No entanto, eles não têm o mesmo estatuto que a melancolia, a hilaridade, a carícia e a dor, porque eles não são expressamente definidos como se referindo ao corpo. Prova disso é que eles são o objeto de uma definição autônoma e distinta ao fim da Parte III, enquanto que os quatro afetos referidos manifestamente ao corpo são deliberadamente omitidos ou passados em silêncio. Essa diferença de tratamento deve-se ao fato de que esses afetos ultrapassam suas manifestações físicas e não são unicamente de essência corporal. Espinosa deixa claramente entender, no curso da explicação da lascívia, que "esses afetos, absolutamente falando, não concernem tanto ao ato de comer, de beber, etc. quanto ao próprio apetite e amor". Eles manifestam portanto uma apetência do homem que excede as determinações corporais. O corpo, no entanto, parece mais solicitado do que nos afetos precedentemente definidos, como ambição ou a humildade. Com efeito, "o desejo imoderado da glória" (*E* III, Definições dos afetos 44) ou aquele "de fazer o que agrada aos homens e abster-se do que lhes desagrada" (*E* III, Definições dos afetos 43) mobilizam mais a mente.

O exemplo da gula, da embriaguez, da avareza e da lascívia revela a complexidade das emoções e, portanto, da unidade da mente e do corpo, de modo que é difícil separar a parte que cabe a cada um na constituição dos afetos. Ele convida a romper com uma concepção simplista da igualdade entre a potência de pensar e de agir que faria dela a resultante de uma atividade análoga no corpo e na mente ou o reflexo idêntico do que se passa em cada um dos modos. Não se trata de ser vítima das aparências, mas de determinar qual é o princípio em ação nos afetos, qualquer que seja sua coloração mental ou física.

Assim, paixões como a piedade ou a inveja, que parecem refletir antes o estado da mente daquele que está inclinado a se afligir com a desgraça do outro e a invejar sua felicidade, enraízam-se em realidade no corpo, porque repousam sobre a imitação afetiva e nascem do fato de se observar os outros rir ou chorar. É o que resulta do escólio da proposição 32 da *Ética* III. A experiência mostra que, desde a infância, os homens "têm piedade daqueles para quem as coisas vão mal e invejam aqueles para quem elas vão bem" (*E* III, prop. 32, esc.), em razão de uma tendência a imitar o comportamento de outro. "Pois as crianças, porque seu corpo está continuamente como em equilíbrio, nós sabemos bem que elas riem ou choram pelo fato de verem os outros rirem ou chorarem; e tudo o que elas veem os outros fazer, desejam logo imitar, e enfim, desejam para si mesmas tudo o que elas imaginam ser agradável aos outros" (*E* III, prop. 32, esc.). Esse comportamento mimético emerge de determinações físicas, porque é causado pelas imagens das coisas que são "afecções mesmas do corpo humano, em outras palavras, maneiras pelas quais o corpo humano é afetado pelas causas exteriores e disposto por elas a fazer isso ou aquilo" (*E* III, prop. 32, esc.).

A imitação dos afetos é antes de tudo um fenômeno corporal e supõe a observação do comportamento de outro e sua reprodução espontânea sem reflexão. Ela pode dar origem a toda uma gama de afetos, como a piedade ou a emulação, conforme ela é referida à tristeza ou ao desejo (*E* III, prop. 27, esc.), e ser acompanhada então de manifestações mentais. A emulação, "que não é nada outro que o desejo de uma certa coisa engendrado em nós pelo fato de que imaginamos que outros, semelhantes a nós, têm o mesmo desejo" (*E* III, prop. 27, esc.), não se reduz a um puro mimetismo físico; ela implica um julgamento quanto ao valor do que é imitado e solicita, por consequência, a mente. É o que resulta da definição 33:

> Quem foge porque vê outros fugirem, ou tem medo porque vê os outros terem medo, ou ainda quem, por ter visto alguém que queimou a mão, contrai a sua própria e move o corpo como se esta se queimasse, diremos que certamente imita o afeto do outro, mas não que o emula. O uso faz que chamemos êmulo somente aquele que imita o que julgamos ser honesto, útil ou agradável.

Imitação e emulação não têm aos olhos de Espinosa causas diferentes, mas a segunda acrescenta à primeira o desejo consciente de fazer o mesmo, tanto de nossa parte quanto da do outro a quem atribuímos a mesma disposição de espírito. A emulação não repousa, portanto, unicamente sobre uma determinação corporal, mas sobre uma vontade de fazer bem, pressuposta ou real, e nos faz entrar na esfera mental da consciência e das intenções. É sem dúvida a razão pela qual ela é objeto de uma definição em boa e devida forma no curso do resumo final, enquanto que a imitação dos afetos, que contudo é a pedra angular das relações entre seres semelhantes e de sua vida sentimental, é deixada de lado e só figura à margem das explicações. Essa ausência de definição final da imitação dos afetos deve-se provavelmente ao fato de que ela concerne principalmente ao corpo, seus comportamentos e seus reflexos, como testemunham os exemplos da fuga, do medo ou da queimadura. Ela possui portanto um estatuto análogo àquele da hilaridade ou da melancolia e é passada em silêncio pelas mesmas razões que elas.

Longe de assumir a forma de um paralelismo estrito, a igualdade entre a potência de pensar e a potência de agir do corpo toma formas extremamente variadas. Espinosa coloca pouco a pouco o acento sobre o que se passa no corpo ou sobre o que se passa na mente e introduz à vezes uma assimetria que não pode ser expressa pela ideia de paralelo. Essa alternância do discurso responde ao cuidado de exibir unicamente o que é essencial para governar os afetos e alcançar a beatitude. Importa discernir os casos em que a análise do corpo é primordial dos casos em que ela é supérflua. Se afecções exteriores do corpo, como o rubor e a palidez ou as lágrimas, podem ser negligenciados porque não são de nenhum préstimo para compreender os afetos, importa, contudo, colocar em destaque seus movimentos espontâneos e suas determinações para compreender que nossos decretos e nossas emoções não resultam de uma livre vontade, mas dependem da estrutura do corpo. Mesmo proclamando a unidade e a identidade do corpo e da mente, a filosofia de Espinosa pensa suas diferenças de expressão através da teoria dos afetos e concebe uma igualdade da potência de pensar e agir que consiste em afirmar o primado da mente, fazendo do corpo o objeto primeiro do conhecimento.

Conclusão

> O entendimento humano, em virtude
> de seu caráter próprio, é levado a supor nas
> coisas mais ordem e igualdade do que nelas
> se descobre; e ainda que haja na natureza
> muitas coisas discordantes e diferentes, o
> entendimento, contudo, acrescenta paralelos,
> correspondências, relações.
>
> BACON, *Novum Organum*, Livro I, XLV.

Em definitivo, qual modelo de relações entre a mente e o corpo é possível extrair a partir do exame da concepção espinosista dos afetos? A exploração da potência de agir presente nos afetos permitiu mostrar como a união psicofísica se declina de diversas maneiras e concilia uma similitude de ordem e de princípio com uma autonomia de expressão do corpo e da mente. A primeira lição que é preciso, portanto, tirar disso consiste em banir toda busca de interação, de influência ou de causalidade recíproca entre a mente e o corpo para pensar unicamente em termos de correspondência e de correlação.

Desse ponto de vista, António Damásio (2003, p. 210) tinha razão de afirmar que em Espinosa, "no sentido estrito, a mente não causava o corpo e o corpo não causava a mente". O neurologista americano,[117] entretanto, não está sempre à altura de seu modelo e carece às vezes de rigor, porque continua a falar de emergência da mente a partir do corpo, de passagem do neural ao mental,[118] o que Espinosa não poderia admitir. É verdade que é espontaneamente muito difícil fazer economia das categorias de causa e de ação recíproca para pensar as relações da mente e do corpo, e que é grande a tentação de fazê-las ressurgir sob outras roupagens. A esse respeito, a meditação do modelo espinosista constitui um excelente extintor contra as tentativas de fundar a relação sobre um esquema de interação ou de influência que conserva sempre um caráter oculto.

Se o modelo espinosista exclui a interação em proveito da correlação, ele não se reduz porém a um jogo de paralelos entre a mente e o corpo que exprimem a mesma coisa sob dois atributos diferentes. Tal é a segunda lição que oferece o estudo dos afetos. O modelo espinosista da união psicofísica não repousa sobre um paralelismo, mas sobre uma igualdade. Essa igualdade não tem nada a ver com uma uniformidade, porque ela não poderia se reduzir a um gaguejamento do mesmo e à repetição mecânica. Com efeito, o exame dos afetos esclarece a doutrina da expressão, mostrando que ela não constitui de modo algum uma réplica idêntica dos modos da extensão e do pensamento, mas que ela desdobra a riqueza e a variedade de sua potência própria no seio de cada atributo. É preciso portanto resistir a essa tendência inveterada da mente a ver simetrias e paralelos por toda parte, como lembrava Bacon.

---

[117] "*Le neurologue americain*", no original. Na verdade, António Damásio é um neurocientista português, mas que trabalha há muitos anos nos EUA. (N.T.).

[118] "É preciso compreender que a mente emerge de um cérebro ou de um cérebro situado no corpo propriamente dito com o qual ela interage; que, devido à mediação do cérebro, a mente tem por fundamento o corpo propriamente dito" (DAMÁSIO, 2003, p. 91, ver igualmente p. 314, nota 20).

Se não há preeminência da mente sobre o corpo, não restam menos prioridades que explicam que alternadamente cada um desses modos de expressão ocupa a frente da cena e projeta suas luzes para dar a ver a natureza do homem. Longe de ser monolítico, o discurso misto ao qual dá lugar o estudo dos afetos assume uma pluralidade de formas e exprime variações de relações entre o corpo e a mente, conforme eles joguem alternadamente um papel predominante ou equivalente na formação dos diversos afetos. A famosa igualdade entre a potência de pensar e a potência de agir do homem admite, portanto, paradoxalmente tratamentos desiguais do corpo e da mente em função do princípio constitutivo dos afetos.

Se António Damásio tinha razão de sublinhar que, em Espinosa, a unidade do corpo e da mente não implicava uma redução de um ao outro, mas preservava uma diferença de expressão, ele errava ao apresentá-la sob a forma de um paralelismo. É preciso dizer a seu favor que ele não é o único a importar abusivamente esse esquema na filosofia de Espinosa. Seu erro deve aliás ser relativizado, porque, mesmo tendo percebido o isomorfismo entre a mente e o corpo, António Damásio esquece o esquema paralelístico para mostrar que, em Espinosa, a prioridade de expressão é alternadamente atribuída ao corpo ou à mente em função da natureza dos afetos. "O fato de colocar a mente e o corpo em pé de igualdade só funciona para a teoria geral... Espinosa não hesita em privilegiar o corpo ou a mente segundo as circunstâncias" (2003, p. 214). Certamente, António Damásio tem uma tendência a atribuir um primado ao corpo e cede às vezes à tentação reducionista, mesmo se defendendo disso; no entanto, ele percebeu as variações de discurso e de prioridade que um esquema paralelista não poderia oferecer.

Que resta então dessa doutrina do "paralelismo psicofísico" que os comentadores imputam erroneamente a Espinosa? O nó de positividade que permanece após a crítica dessa falsa concepção reside essencialmente na existência de uma correlação necessária entre a essência objetiva e a essência formal. É inegável que uma ideia contém objetivamente tudo o que seu objeto contém formalmente, segundo a mesma ordem e a mesma conexão. Isso é verdadeiro tanto para a ideia de Deus quanto para as do corpo humano ou qualquer outra coisa. No entanto, o exame da união do corpo e da mente vista através do prisma dos afetos revela que a relação entre uma ideia e seu objeto assume formas bem mais complexas do que o esquema paralelista deixa entrever. A identidade de ordem e conexão entre as ideias e as coisas não deve mascarar a diferença de expressão própria aos modos de cada atributo. O deslizamento sub-reptício da afirmação da identidade da ordem àquela da identidade dos modos que se encadeiam segundo uma mesma conexão é provavelmente responsável em grande parte pela extensão abusiva da doutrina do paralelismo e de seu cortejo de erros. Se só existe uma única coisa que produz efeitos segundo uma só ordem causal, não resta menos que ela é expressa de uma infinidade de maneiras no caso de Deus e de duas maneiras no caso do homem. Eis por que as relações entre a ideia e o objeto obedecem ao mesmo tempo a uma lógica da identidade e da diferença que Espinosa apreende sob o conceito de igualdade. Ainda que ela não seja jamais definida na *Ética*, esse conceito tem um papel decisivo na medida em que permite conciliar o uno e o múltiplo e exprime a relação entre as diversas expressões reduzidas ao padrão comum da mesma coisa. Já que o entendimento espinosista é a potência do verdadeiro, não resta senão excitar o autômato espiritual com ideias adequadas para romper com um paralelismo sumário e promover uma igualdade expressiva da diversidade modal do corpo e da mente.

Sem dúvida teria sido interessante alargar esse modelo de igualdade e clarificar mais a relação entre ideia e objeto prolongando as investigações sobre o tema da essência dos afetos através de um exame da maneira pela qual eles se exprimem no corpo político e o constituem como indivíduo, a exemplo do homem. O Estado, enquanto corpo político, experimenta de fato afetos, sejam eles passivos, como o medo (cf. *Tratado político*, cap. III, §9 e 12) e a esperança (§14), ou ativos, quando eles seguem da razão (§14). Assim, as alianças entre Estados repousam principalmente sobre duas causas: "medo de uma dominação ou esperança de um proveito" (§14). "Se um ou outro dos dois corpos políticos perdem esse medo ou essa esperança, ele continua a depender de seu próprio direito" (§14), de modo que o laço de obrigação se rompe. Por consequência, se um Estado experimenta afetos, a análise do corpo político deveria permitir ler em letras maiúsculas, para retomar uma metáfora platônica, o que o corpo humano escreve em minúsculas e que a experiência caolha não permitiu ainda decifrar.

Resta a saber, contudo, se o exame da natureza dos afetos do Estado e o estudo da correlação entre o corpo político e seu espírito podem verdadeiramente jogar uma nova luz sobre a união psicofísica. A legitimidade das conclusões nesse tema permanece dependente da questão de saber se, para além da simples metáfora, é possível amalgamar o indivíduo humano e o indivíduo político. Se a individualidade não é o próprio do homem, é preciso se prevenir do retorno sub-reptício dos preconceitos do antropomorfismo e do antropocentrismo que conduzem a pregar a natureza do corpo político sobre a do corpo humano.

Além de uma diferença de grau, existe com efeito uma diferença de natureza entre a constituição do indivíduo humano e a do Estado. Pelo menos é o que dá a entender a formulação problemática de Espinosa a esse respeito. Enquanto o homem é constituído por um corpo e por uma mente, segundo o corolário da proposição 13 da *Ética* II, o Estado possui um corpo e "alguma coisa" como uma mente. O autor do *Tratado político*, de fato, não afirma que, no Estado, os homens formam um só corpo e uma só mente, mas que eles são *conduzidos como por uma só mente*.[119] O caráter analógico

---

[119] Grifos nossos. Essa expressão aparece em vários momentos: no cap. II, §16: "Lá onde os homens têm uma organização jurídica em comum

manifestado pela locução comparativa "como" deixa aberta a questão de saber se o Estado possui verdadeiramente uma mente ou apenas alguma coisa parecida com ela. Existe portanto uma assimetria na formulação que leva a crer que Espinosa atribui sem hesitar um corpo ao Estado, mas permanece mais reservado quando se trata de lhe imputar uma mente. O capítulo III do *Tratado político* corrobora essa assimetria, porque o Estado aí é assimilado sem restrição a um corpo, que é designado sob o nome de "Cidade" (cf. *Tratado político*, cap. III, §1) e que obedece às leis de formação dos indivíduos compostos, expostas após a proposição 13 da *Ética* II. O corpo político é constituído por uma união de indivíduos que combinam e põem em comum suas forças para ter mais direitos. As partes desse corpo são os homens, alternadamente cidadãos, à medida que gozam de vantagens da Cidade, e súditos, à medida que têm que obedecer às leis (cap. III, §1). Se ele imputa sem reserva um corpo ao Estado, Espinosa contudo resiste em lhe atribuir uma mente e se limita a falar de uma quase mente constituída pelas leis e pelo conjunto do direito (cf. *Tratado político*, cap. IV, §1).[120] O problema não consiste portanto em separar a questão de saber se Espinosa assimila realmente o Estado a um indivíduo humano ou se ele recorre a uma simples analogia, como se faz frequentemente, porque esse ângulo de análise coloca abusivamente

---

e são conduzidos como por uma só mente (*omnesque unâ veluti mente ducuntur*)"; no cap. II, §21: "É impossível que a multidão seja *conduzida como por uma só mente* (*una veluti mente ducatur*) (como é necessário num Estado)..."; no cap. III, §2: "É claro que o direito do Estado ou do poder soberano não é nada mais do que o direito mesmo da natureza. Ele é determinado pela potência, não mais de cada indivíduo, mas da multidão, que é *conduzida como por uma só mente* (*quae una veluti mente ducitur*); em outras palavras, como é o caso, no estado natural, para cada indivíduo, o corpo e a mente do Estado inteiro têm tanto direito quanto potência"; no cap. III, §5: "O corpo do Estado deve ser conduzido *como por uma só mente* (*una veluti mente duci).*"

[120] "Nós mostramos no capítulo precedente que o direito do soberano é determinado por sua potência; e nós vimos sobretudo que ele é como a mente do Estado, pela qual todos devem ser guiados."

sobre o mesmo plano o corpo e a mente, ao passo que eles são tratados diferentemente. O problema da analogia concerne unicamente à mente, porque é evidente que o Estado possui um corpo. Nessas condições, coloca-se a questão do valor desse famoso *veluti* que aparece a propósito da mente.

A reserva que ele introduz não significa, sem dúvida, que não há ideia do corpo político e que o esquema de formação do Estado se funda sobre uma simples analogia com a constituição do indivíduo humano. Ela exprime antes o fato de que o termo *mens* qualifica mais a ideia do corpo humano do que a ideia do corpo político. Espinosa parece recusar o emprego dessa palavra "mente" para outros indivíduos que não o homem. Prova disso é que, quando ele proclama que há em Deus uma ideia de toda coisa, e notadamente uma ideia de todos os corpos humanos, ele não diz a partir disso que todos os corpos possuem uma mente, mas que eles são todos animados em graus diversos.[121] Ele prefere falar de seres "animados" a falar de seres "providos de mente". O fato de conferir ao Estado *"como uma só mente"* participa dessa reserva, de sorte que a atribuição sem restrição de uma *mens* se faz unicamente para o homem. Isso não invalida a possibilidade de pesquisa no que concerne à relação de igualdade entre o corpo do Estado e sua ideia ou entre os corpos de outros indivíduos e sua ideia, pois Espinosa afirma que existem propriedades comuns e que "tudo o que nós dissemos da ideia do corpo humano é preciso dizer necessariamente de uma coisa qualquer" (*Ética* II, prop. 13, esc.), mas isso não pode qualifi-

---

[121] *E* II, prop. 13, esc.: "Porque as coisas que nós mostramos até aqui são bastante comuns e não pertencem mais aos homens do que aos demais indivíduos, os quais entretanto são todos animados (*animata tamen sunt*) em graus diversos. Pois, de uma coisa qualquer, há necessariamente uma ideia em Deus, da qual Deus é causa, da mesma maneira que da ideia do corpo humano; e, por consequência, tudo o que dissemos da ideia do corpo humano é preciso dizer-se necessariamente de uma coisa qualquer."

car propriamente a união psicofísica no homem. Ainda que as pesquisas sobre o tema dos afetos do Estado possam fazer emergir novas temáticas e esclarecer a potência de agir sob nova luz, não seria de toda maneira legítimo aplicar sistematicamente à união psicofísica e às relações entre a ideia e seu objeto, tais como eles são definidos na *Ética* II, as conclusões que valem para o indivíduo do estado. A lente de aumento correria um grande risco de ser deformadora e de velar essa união que ela pretende desvelar. Por isso é preferível limitar-se ao exame dos afetos dos homens para determinar a natureza da união psicofísica e da igualdade entre a potência de agir do corpo e a potência de pensar da mente.

Reflexos instantâneos da potência de agir do homem, os afetos testemunham suas variações e sua maior ou menor perfeição em função do caráter adequado ou inadequado da causa que os produz. A perfeição humana se manifesta no ponto mais alto através dos afetos ativos fundados sobre a razão e a ciência intuitiva; ela se apequena, ao contrário, em função da fraqueza das aptidões corporais, que encontra seu ápice na morte. Enquanto a morte anuncia o fim das afecções do corpo, a *fortitudo* e suas duas espécies, a firmeza e a generosidade, constituem a pedra angular da liberdade espinosista. A potência de agir do corpo e da mente não é jamais tão forte como quando ela toma a forma do amor de Deus, que é um afeto eterno.

Assim, as três expressões física, mental e psicofísica da potência de agir se reduzem a variações em torno dessa parte de eternidade que recai sobre cada um na proporção de seu esforço em perseverar no ser. Como o faz ver Alain (1972, p. 170), "há o eterno em cada um, e isso é propriamente ele. Tente conquistar essa potência que lhe é própria, nesses instantes felizes em que ele é ele mesmo, em que ele se traduz todo na existência, por um concurso feliz das coisas e dos homens. Os néscios dirão que essa felicidade lhe é exterior; mas o sábio compreenderá talvez que nesses momentos de potência ele é altamente ele mesmo".

Referências

1. Obras de Espinosa

Edições de referência

- em latim

Spinoza: Opera. Ed. Carl Gebhardt, 4 vols. Heidelberg, Carl Winters Universitätsbuchhandlung.

- em francês

Spinoza: Œuvres. Trad. e notas de Charles Appuhn, nova edição revista e corrigida segundo a edição de Heidelberg, vol. 3. Paris: Garnier.

- textos de referência

Éthique. Trad. de Bernard Pautrat. Paris: Le Seuil, 1988.

Traité théologico-politique. Trad. J. Lagrée e P-F. Moreau. Paris: PUF, 1999.

Traité politique. Trad. Charles Appuhn. Paris: GF Flammarion, 1966.

Traduções francesas da Ética

SPINOZA. *Éthique.* Trad. de Émile Saisset. Paris: Charpentier, 1842.

SPINOZA. *Éthique*. Trad. de Henri de Boulainvilliers. Paris: A. Collin, 1907.

SPINOZA. *Éthique*. Trad. de Charles Appuhn. Paris: Garnier.

SPINOZA. *Éthique*. Trad. de André Guérinot. Paris: Éditions d'Art E. Pelletan, 1930.

SPINOZA. *Éthique*. Trad. de Rolland Callois. Paris: Gallimard (Plêiade), 1954.

SPINOZA. *Éthique*. Trad. de Bernard Pautrat. Paris: Le Seuil, 1988.

2. Comentários gerais

ALQUIÉ, F. *Le rationalisme de Spinoza*. Paris: PUF, 1981.

ALAIN. *Spinoza*. Paris: Gallimard, 1972.

BEYSSA, Jean-Marie. *Nostri corporis affectus:* can an affect im Spinoza be "of the body"?. In: YOVEL, Yirmiyahu (Ed.). *Desire and Affect, Spinoza as a Psychologist*. New York: Little Room Press, 1999.

BOSS, G. *L'enseignement de Spinoza*. Comentário do *Court Traité*. Zurich: Éditions du Grand Midi, 1982.

BOVE, Laurent. *La stratégie du conatus: affirmation et résistance chez Spinoza*. Paris: VRIN, 1996.

BRÉHIER, E. *Histoire de la philosophie*, Tomo II. Paris: PUF, 1981.

DAMÁSIO, A. R. *Spinoza avait raison. Joie et tristesse, les cerveau des émotions*. Paris: Odile Jacob, 2003.

DELBOS, Victor. *Le spinozisme*. Paris: Vrin, 1926.

DELBOS, Victor. *Le problème moral dans la philosophie de Spinoza et dans l'histoire du spinozisme*. Paris: Presses de l'Université de Paris-Sorbonne, 1990.

DELEUZE, G. *Spinoza et le problème de l'expression*. Paris: Les Éditions de Minuit, 1968.

DELEUZE, G. Spinoza - Philosophie pratique. Paris: Les Éditions de Minuit, 1981.

GIANCOTTI, Emilia. The theory of affects inthe strategy of spinoza's *Ethics*. In: YOVEL, Yirni Yahu (Ed.). *Desire and affect. Spinoza as a psychologist*. New York: Litte Room Press, 1999.

GUEROULT, M. *Spinoza, tomo I – Dieu*. Paris: Éditions Aubier, 1968.

GUEROULT, M. *Spinoza II – l'âme*. Paris: Éditions Aubier, 1974.

JAQUET, C. *Sub specie æternitatis: étude des concepts de temps, durée et éternité chez Spinoza*. Paris: Kimé, 1997.

JAQUET, C. *Spinoza ou la prudence*. Paris: Quintette, 1997.

LAUX, H. *Imagination et religion chez Spinoza*. Paris: Vrin, 1993.

LÉCRIVAIN, A. Spinoza et la physique cartésienne. In: *Cahiers Spinoza* 1 e 2.

MACHEREY, P. *Hegel ou Spinoza*. Paris: Maspero, 1978.

MACHEREY, P. *Introduction à l'*Ethique *de Spinoza* (vols. I, II, III, IV e V). Paris: PUF, 1995.

MATHERON. A. *Individu et communauté chez Spinoza*. Paris: Les Éditions de Minuit, 1969.

MATHERON. A. *Le Christ et le salut des ignorants chez Spinoza*. Paris: Aubier Montaigne, 1971

MATHERON. A. *Anthropologie et politique au XVIIe. siècle (Études sur Spinoza)*. Paris: Vrin, 1986.

MÉCHOULAN, H. *Amsterdam au temps de Spinoza*. Paris: PUF, 1990.

MEINSMA, O. *Spinoza et son cercle*. Paris: Vrin, 1983.

MIGNINI, F. *Introduzione a Spinoza*. Roma-Bari: Laterra, 1983.

MIGNINI, F. Sur la gênese du *Court Traité*: l'hypothèse d'une dictée est-elle fondée?. In: *Cahiers Spinoza*, 5.

MILLET, L. *Pour connaître la pensée de Spinoza*. Paris-Montreal: Bordas, 1970.

MISRAHI, R. *Le désir et la réflexion dans la philosophie de Spinoza*. Paris-Londres-New York: Gordon & Breach, 1972.

MISRAHI, R. *Le corps et l'esprit dans la philosophie de Spinoza*. Paris: Synthélabo, "Les Empêcheurs de penser en rond", 1992.

MISRAHI, R. Spinoza. *Un itinéraire du bonheur par la joie. Paris*. Jacques Grancher, 1992.

MOREAU, J. *Spinoza et le spinozisme*. Paris: PUF, 1971.

MOREAU, P-F. *Spinoza*. Paris: Le Seuil, 1975.

MOREAU, P-F. *L'expérience et l'éternité*. Paris: PUF, 1994.

MUGNIER-POLLET, L. *La philosophie politique* de Spinoza. Paris: Vrin, 1976.

RAMOND, C. *Qualité et quantité dans la philosophie de Spinoza*. Paris: PUF, 1995.

ROUSSET, Bernard. *La perspective finale de "l'Éthique" et le problème de la cohérence du spinozisme*. Paris: J. Vrin, 1968.

ROUSSET, Bernard. *Spinoza au XX^a siècle*. BLOCH, Olivier (Dir.). Paris: PUF, 1993.

SCHRIJVERS, Michael. The conatus and the mutal relationship between actvir and passive affects in Spinoza. In: YOVEL, Yirni Yahu (Ed.). *Desire and affect. Spinoza as a psychologist*. New York: Little Room Press, 1999.

TOSEL, A. *Spinoza et le crépuscule de la servitude. Essay sur le* Traité théologico-politique. Paris: Aubier-Montaigne, 1984.

VERNIÈRE, P. *Spinoza et la pensée française avant la révolution*. Paris: PUF, 1954.

VUILLEMIN, J. *Mathématiques et métaphysique chez Descartes*. Paris: PUF, 1960, p. 92.

WELTLESEN. *The Sage and the Way: Spinoza's Ethics of Freedom*. Assen: Van Gorcum, 1979.

WOLFSON, A. *The Philosophy of Spinoza*, two volumes in one. Cambridge (Mass.)/London: Harvard University Press, 1962.

WOLFSON, A. *Philo, Foundations of Religious Philosophy in Judaism, Christianity and Islam*. Cambridge: Harvard University Press, 1940.

YAKIRA, E. *Contrainte, nécessité, choix. La métaphysique de la liberte chez Spinoza et Leibniz*. Zurich: Éditions du Grand Midi, 1989.

YOVEL, Y. *Spinoza et autres hérétiques*. Paris: Le Seuil, 1975.

ZAC, S. *La morale de Spinoza*. Paris: PUF, 1959.

ZAC, S. *Spinoza et l'interprétation de l'écriture*. Paris: PUF, 1965.

ZAC, S. *Philosophie, théologie, politique dans l'œuvre de Spinoza*. Paris: Vrin, 1979.

ZOURABICHVILI, F. *Spinoza, une physique de la pensée*. Paris: PUF, 2002.

ZOURABICHVILI, F. *Le conservatismo paradoxal de Spinoza*. Paris: PUF, 2002.

3. Revistas

Archives de philosophie, t. 51, cahier 1, janvier-mars 1988: "Les premiers écrits de Spinoza".

Cahiers Spinoza. Paris: Ed. Republique:

- – No. 1, été 1977.
- – No. 2, printemps 19789.
- – No. 3, hiver 1979-1980.
- – No. 4, hiver 1982-1983.
- – No. 5, hiver 1984-1985.
- – No. 6, printemps 1991.

Les Études philosophiques:

- – Numéro consacré à Spinoza, juillet-septembre 1972.
- – No. 4, octobre-décembre 1987, "Spinoza".

Groupe des recherches spinozistes. Travaux et documents. Paris: Presses de l'Université de Paris-Sorbonne. No. 2: "Méthode et métaphysique".

Revue internationale de philosophie, 31e. année, no. 119-120, 1977.

Revue philosophique de la France et de l'étranger:

- – No. 167, 1977: "Spinoza (1632-1677)".
- – No. 2, avril-juin 1986: "Descartes-Spinoza".

Philosophique, 1998: "Spinoza", Kimé.

4. Comentários sobre os afetos

ANSALDI, S. *Spinoza et le baroque, infini désir, multitude*. Paris: Kimé, 2001 (cf. caps. IV e V, "La puissance du désir").

BOVE, Laurent. *La stratégie du conatus: affirmation et résistance chez Spinoza*. Paris: VRIN, 1996. (cf. caps. I, III, IV, V, VII, VIII).

ISRAËL, N. *Spinoza. Le temps de la vigilance*. Paris: Payot, 2001 (cf. caps. V a XI).

MISRAHI, R. *Le désir et la réflexion dans la philosophie de Spinoza*. Paris-Londres-New York: Gordon & Breach, 1972

MOREAU, P-F. *L'expérience et l'éternité*. Paris: PUF, 1994. (cf. parte II, cap. 3: "Les champs de l'expérience: les passions").

– Obras coletivas

Fortitude et servitude. Lectures de l'Éthique IV de Spinoza. Sous la dir. de JAQUET, C., SÉVÉRAC, P., SUHAMY, A. Paris: Kimé, 2003.

Spinoza et les affects. Sous la dir. de BRUGÈRE, Fabienne; MOREAU, Pierre-François. Paris: Presses de l'Université de Paris-Sorbonne, 1998.

Desire and affect. Spinoza as a Psychologist. Edited by YOVEL, Y. New York: Little Room Press, 1999.

Puissance te impuissance de la raison. Coord. par LAZZERI, C. Paris: PUF, 1999.

– Artigos

BEYSSADE, Jean-Marie. De l'émotion intérieure chez Descartes à l'affect actif spinoziste. In: *Spinoza Issues and Directions, Curley et Moreau* (ed.), Leyde, Brill, p. 176-190.

BEYSSADE, Jean-Marie. Sur le mode infini imediat dans l'attribut de la pensée. In: *Revue philosophique de la France et de l'étranger,* no. 1, janvier-mars 1994.

MATHERON. A. Passions et institutions chez Spinoza. In: *La raison d'État: politique et rationalité*, éd. par LAZZERI, C. et REYNIÉ, D. Paris: PUF, 1992.

MATHERON. A. L'indignation et le *conatus* de l'État spinoziste. In: *Puissance et ontologie*, éd. par D'ALLONNES, M. R. et RISK, H. Paris: Kimé, 1994.

MATHERON. A. L'amour intellectuel de Dieu, partie éternelle de l'amor erga Deum. In: *Les Études philosophiques*, avril-juin 1997.

MOREAU, P-F. Métaphysique de la gloire. In: *Revue philosophique de la France et de l'étranger,* no. 1, janvier-mars 1994.

RICE, L. C. Emotion, Appetition and Conatus in Spinoza. In: *Revue internationale de philosophie*, no. 119-120, 1977, p. 101-116.

SAAD, J. Le corps signe, ordre des passions et ordre des signes: une économie du corps politique. In: Spinoza et la politique, sous la dir. de GIANINNI, H., MOREAU, P-F., VERMEREN, P. Paris: L'Harmattan, 1997.

TIMMERMANS, B. "Descartes et Spinoza: de l'admiration au désir", in: *Revue internationale de philosophie*, vol. 48 1994.

TORATO, G. "*Acquiescentia* dans la cinquième partie de *l'Éthique* de Spinoza", in: *Revue philosophique de la France et de l'étranger,* no. 1, janvier–mars 1994.

VOSS, S. H. "How Spinoza enumerated the affects", in: *Archiv für Geschichte der Philosophie*, no. 63, 1981, p. 167–179.

Coleção Filô

Gilson Iannini
Coordenador da coleção

A filosofia nasce de um gesto. Um gesto, em primeiro lugar, de afastamento em relação a uma certa figura do saber, a que os gregos denominavam *sophía*. Ela nasce, a cada vez, da recusa de um saber caracterizado por uma espécie de acesso privilegiado a uma verdade revelada, imediata, íntima, mas de todo modo destinada a alguns poucos. Contra esse tipo de apropriação e de privatização do saber e da verdade, opõe-se a *philía*: amizade, mas também, por extensão, amor, paixão, desejo. Em uma palavra: Filô.

Pois o filósofo é, antes de tudo, um *amante* do saber, e não propriamente um sábio. À sua espreita, o risco sempre iminente é justamente o de se esquecer daquele gesto. Quantas vezes essa *philía* se diluiu no tecnicismo de uma disciplina meramente acadêmica e, até certo ponto, inofensiva? Por isso, aquele gesto precisa ser refeito a cada vez que o pensamento se lança numa nova aventura, a cada novo lance de dados. Na verdade, cada filosofia precisa constantemente renovar, à sua maneira, o gesto de distanciamento de si chamado *philía*.

A coleção Filô aposta nessa filosofia inquieta, que interroga o presente e suas certezas; que sabe que suas fronteiras são muitas vezes permeáveis, quando não incertas. Pois a história da filosofia pode ser vista como a história da delimitação recíproca do domínio da racionalidade filosófica em relação a outros campos, como a poesia e a literatura, a prática política e os modos de subjetivação, a lógica e a ciência, as artes e as humanidades.

A coleção Filô pretende recuperar esse desejo de filosofar no que ele tem de mais radical, através da publicação não apenas de clássicos da filosofia antiga, moderna e contemporânea, mas também de sua marginália; de textos do cânone filosófico ocidental, mas também daqueles textos fronteiriços, que interrogam e problematizam a ideia de uma história linear e unitária da razão. A coleção aposta também na publicação de autores e textos que se arriscam a pensar os desafios da atualidade. Isso porque é preciso manter a verve que anima o esforço de pensar filosoficamente o presente e seus desafios. Afinal, a filosofia sempre pensa o presente. Mesmo quando se trata de pensar um presente que, apenas para nós, já é passado.

Os tradutores

Marcos Ferreira de Paula

É doutor em Filosofia pela Universidade de São Paulo (USP), professor adjunto de Filosofia na Universidade Federal de São Paulo (Unifesp) e autor de vários artigos sobre Espinosa publicados em livros e revistas especializadas.

Luís César Guimarães Oliva

É professor de História da Filosofia Moderna da Universidade de São Paulo e especialista na filosofia do século XVII. Pesquisador do Grupo de Estudos Espinosanos da USP, ele é autor de *As Marcas do Sacrifício: um estudo sobre a possibilidade da História em Pascal* (Ed. Humanitas) e "Necessidade e contingência na Modernidade" (Ed. Barcarolla), além de vários artigos em revistas especializadas.

Este livro foi composto com tipografia Bembo e impresso
em papel Chamois Bulk 80 g na Formato Artes Gráficas.